谜文库 | 世界是一个谜语

既见君子

过去时代的
诗与人

张定浩 著

华东师范大学出版社

图书在版编目（CIP）数据

既见君子：过去时代的诗与人／张定浩著．
—上海：华东师范大学出版社，2013.6
ISBN 978-7-5675-0903-0

Ⅰ．①既… Ⅱ．①张… Ⅲ．①随笔—作品集—中国—
当代 Ⅳ．①I267.1

中国版本图书馆 CIP 数据核字（2013）第 136171 号

既见君子：过去时代的诗与人

著　　者　张定浩
策划编辑　顾晓清
装帧设计　周伟伟

出版发行　华东师范大学出版社
社　　址　上海市中山北路 3663 号　邮编　200062
网　　址　www.ecnupress.com.cn
电　　话　021－60821666
客服电话　021－62865537
门市电话　021－62869887
网　　店　http://hdsdcbs.tmall.com/

印 刷 者　上海铁路印刷有限公司
开　　本　787×1092　32 开
印　　张　6.25
字　　数　96 千字
版　　次　2014 年 1 月第 1 版
印　　次　2025 年 6 月第 13 次
书　　号　ISBN 978－7－5675－0903－0/I·1004
定　　价　36.00 元

出 版 人　王　焰

（如发现本版图书有印订质量问题，请寄回本社市场部调换或电话 021-62865537 联系）

献给 mygirl

野马也，尘埃也，生物之以息相吹也。

——《庄子·逍遥游》

安得促席，说彼平生。

——陶渊明《停云》

目录

引子

我一直想谈谈那些过去时代的诗与人，不是做文学批评，也不是做考据翻案，约翰逊《诗人传》那种，我更是没有资格，也觉得于己无益。倘若硬要为自己的谈法寻个究竟，或者可以用“安得促席，说彼平生”这句陶诗来比附。T·S·艾略特在《安德鲁·马韦尔》的开头说道：“这里没有任何翻案文章要做，谈论他只是为了有益于我们自身。”张文江老师在讲丹霞天然禅师的时候说：“好玩的是我们自己。”他们的这些话给我开辟出一条道路，至于能通向哪里，自己也不能确定。

曹子建

1 迷失

开始读子建，还是两年前在一家图书公司的时候，那时候是因为在翻曾国藩，曾国藩编过两本选集，《十八家诗钞》和《经史百家杂钞》，于初学者，都是很好的书，便想依序读下去。十八家诗人第一家，便是子建，入手的是赵幼文的《曹植集校注》。

赵幼文出身音韵世家，祖籍安徽，后迁徙至成都。他的儿子赵振铎有文章口述家世，其中说到祖父，也就是赵幼文的父亲赵少咸，在四川保路运动中牵连入狱，狱中无事，请家里带了一本《说文解字》消磨时日，在狱中看了几个月，由此奠定一生学问方向。这段经历有点像茨威格的《象棋的故事》，由此可见，《象棋的故事》并非小说，而是人生治学的一种象征。赵幼文一生治《三国志》，在西北大学讲三国，连窗台外都站满学生，后来从成都调到中科院历史所，却仅是为了给郭沫若写《蔡文姬》提供史料帮助。

赵幼文的曹植注本，成稿于文革前，对丁晏《曹集铨评》、朱绪曾《曹集考异》，以及民国黄节《曹子建诗注》多有参考，诗文按编年体排列。此书于文字及考据上自然值得信赖，算是今人唯一的曹植注本。但在解诗论人这个层面上，我觉得尚不如黄节，毕竟，黄节是诗人，而赵只是学者。加上自己也是初读，能借此疏通文意，再抄了不少句子，便已觉得很好了，并谈不上什么心得和触发。

这么胡乱看了月余，这个立志沿着《十八家诗钞》次序读书的计划便搁下了，就像我做过的无数件事情那样。

再次读子建，是近期的事，是带着事情去读。

但丁说，在人生的中途，我忽然迷失在大森林里。学习时代和漫游时代都结束后，就是会有这样的迷失。于是，有维吉尔出来引但丁，入地狱上天堂。但这个天上地下，其实，是但丁自己找到的。找到了以后，才有维吉尔这个形状。

2 园有桃

钟嵘云：“魏陈思王植，其源出于《国风》。”《国风》是我爱看的，我喜欢方玉润解《诗经》，有情怀，有见识。我以前工作的出版社书柜里有一套《诗经原始》，那时候常取出来翻看，书虽旧，却是放旧的，因为并没什么人去看。那个出版社早先旧版藏书颇丰，后来从新华路洋房搬到福州路写字楼，大多书籍或散失或折卖，老编辑提起来都心疼，就我看到的，已经都是一些不得不备的常见书了，而《诗经原始》倒是之前没见过。说起来我还很怀念在出版社工作的那一年半，有时间，有书看，有乒乓球打，有围棋下，还有一些很好的年轻同事。所以我离职的时候，悄悄把这套《诗经原始》给带走了，算是给自己留一个念想。

《国风·魏风》里有一首诗，叫作“园有桃”，以前我却没有在意过，最近才看到，觉得很好。诗是这样的：“园有桃，其实之肴。心之忧矣，我歌且谣。”我开始没明白，为什么桃子端上来的时候，那人便会忧伤。前几天去南汇看桃花，出租车司机说八月还有品桃节，想到大颗大颗的水蜜桃端在果盘里，应该流口水才是，为什么要忧伤？

便去读方玉润，他说，“园有桃，或以为兴，或以为比，或以为赋，朱子亦不能定，以为诗固有一章而三义者”；又说，“其实主兴者居多，而语气终未得”。可见并非我一人糊涂。说起来，看清人注诗时常会气得半死，往往是把一句话拆了，引几个出处就完了，到底在此处合起来是什么意思，就不继续说了，也不知道是不清楚，还是太清楚了不用说。方玉润就不是这样，他也会很生气，说他们“含囫滑过，毫无意义”。方玉润对“园有桃”的解释，是讲“园有桃”暗指“国有民”，贤人见园中有桃，就想到国中民亡，这是见一处的完满而思及另一处的缺失，故忧之。这当然是正论了，古人面对《诗》是很认真的，“读书贵有特识，说《诗》务持正论”，不敢开玩笑。不过我不是在注诗，也没有家国之忧，所以我看这“心之忧矣”，总是想到那个忧伤的个体。

从“灼灼其华”到“有蕡其实”，在桃树的一生来讲，可以算作完满，因为已经看到结果，而且是可以骄傲地端到台面上的果实。但是一个人呢，他一生的果实在何处？这种联想是很自然的，香港早年有部成人电影，就叫作“蜜桃成熟时”，当然了，真的看过这部电影的人，多半那时恰还是未成年人。

“不我知者，谓我士也骄。彼人是哉，子曰何其？

心之忧矣，其谁知之？其谁知之，盖亦勿思。”那些指责我的人说的对吗？你倒是说说看呢。我心里的忧伤，有谁知道呢，有谁知道呢，不要去想了吧。

假如一个蹉跎半生的人尚且还有抱负，那么他看到成熟的桃子时，心里起了这样无名的忧伤，也应该是很自然的事情。这个人，是那个春秋魏国的诗人，也是子建。

3 思无邪

《园有桃》属于《魏风》。这个魏国，是在今天的华山以北，据说是舜和禹的故居所在，土地贫瘠，民风节俭，但国君褊啬。节俭，是对自己小气，当然是对的；褊啬，是对他人小气，却是不好的。如今很多人所谓的节俭，都是对别人小气，对自己大方，那不叫俭，叫做啬。魏君就是这样的人，所以老百姓都纷纷逃到别的国家去了，所以贤人忧愁。

三国时期的魏国，其称谓应该是源自三家分晋后的战国之魏，其核心地带是在今天的河北河南，与《国风》所谓的魏国，水土迥异。不过，在啬和短命这两个方面，两者却又有惊人的相似。《陈思王本传》云：“时法制待藩国既自峻迫，僚属皆贾竖下才。兵人给其残老，大数不过二百人。又植以前过，事事复减半。”

所以，我读到《园有桃》的时候，那声色气息，竟像是在听子建铺陈心迹。而相形之下，《园有桃》的作者，可能还更加幸运一些，因为他还可“聊以行国”，但子建却无从逃避。“以罪弃生，则违古贤夕改之劝；忍垢苟全，则犯诗人胡颜之讥。”我每每披览子建黄初、太和年间的那些奏表，看着那些字里行间的惶恐、谦卑与努力，便会觉得难过，仿佛这些文字委屈了他。不过其实，这些委屈也都是好的。有委屈，才会有深情。情深以往，不知所终，这也是晋人与子建亲近的地方。两晋南北朝，外至君臣，内至嫔妃，都能熟颂子建的诗：“为君既不易，为臣良独难。”因为这样的怨，也是好的，是血肉有情的清流水，现在人多半只会发牢骚，把水搅浑。

自然和人心，都有很黑暗、很复杂、很不可知的地方，小说家会勇敢地面对这些黑暗、复杂和不可知，所以有爱伦·坡，有陀思妥耶夫斯基，但诗人，或者说中国的古代诗人，或许更勇敢，因为他要努力地去控制这些黑暗与不可知，以呈现出一种简单、清明的东西。所谓“思无邪”，不是说要思考一些无邪的东西，而是说“思”本身，居然是可以无邪的。这需要巨大的力量。庄子和柏拉图对于人性或者说灵魂，都曾有几种分法，若以此参照，中国的古代诗人大概决不会被赶出理想国，因为他们首先是一个社会人，但不是圣人，是君子贤人。君子贤人可以出来做官，古代诗人大多是做过官的，连陶渊明都一定要做几天官，才显得完整，但诗人不必成为王，否则就会是亡国之君，如李煜。我想来想去，子建大概是唯一一个，曾贯通王、官两个层面，曾挣扎过并又自我平复的，诗人。

4　从初志

子建《黄初六年令》云：修吾往业，从吾初志。

黄初是魏文帝的年号，从建安到黄初，手足暴毙，友朋被戮，对子建，是个坎。黄初六年的时候，子建 34 岁，文帝东征，返程途中经过雍丘，看望他。

以往一切猜忌谤毁，此时此地涣然冰释。君臣相向，兄弟执手，能够欣笑和乐以欢，也能陨涕咨嗟以悼。这一个坎，子建算是过去了。

修往业，从初志，这两句话是很有兴味的。诗云，靡不有初，鲜克有终。子曰，吾十有五而志于学。这两句合在一起，就是初志。关于初志，除了禅宗所谓“初心”之外，还有两句现代的话可以作为参照。一句是小说《牧羊少年奇幻之旅》(又译作《炼金术士》)里面，那个撒冷之王对小男孩圣狄亚哥说过的话，“(天命)就是你自己想做的事。每个人，在他们年轻的时候，都知道自己的天命。然而，随着岁月流逝，一股神秘的力量将会说服人们，让他们相信，根本就不可能完成自己的天命”。另一句是电影《麻将》中红鱼说的，“现在这个世界已没有人知道自己要的是什么，所以他们拼命看电视、杂志、广告、畅销书，为什么？为的就是想听别人告诉他们怎么过，怎么活”。

这两句话是可以连在一起看的。少年人的天地清明，一个个都很清楚自己想要什么。这个要什么，就是初志，是对自己天性的听从。这也就是船山所说的，“志也，所谓天地之心也。天地之心，性所自出也”。换到西方道家（炼金术）的概念里面，这就是天命。当然了，这个初志也好，天命也好，其实只在内心完整地存在过，未必就都能落实到行动中去。比如我十五六岁时填大学志愿，那也都是随父母心意，并不能当作初志去看。而即便是内心，随着岁月流逝，也会慢慢转向，到一定程度，一个人遂踏进了成年人的世界——也就是红鱼所说的，那个“没有人知道自己要的是什么”的世界。

不过，别的“初志”我不知道，若说是类似“流藻垂华芬”这样的“初志”，我觉得，如果开始就能很顺利地遂了心意，这么一条道走下去，比如从新概念作文一脚就迈进作协，人生的第一份事业就是作家，倒也是一件可怕的事情。电影《赎罪》和《红磨坊》里，虽然一上来就是噼里啪啦的打字机声音，但这都是“我承认，我历经沧桑”之后的倒叙。赵翼《题遗山诗》云：“赋到沧桑句便工。”这沧桑不是坐在打字机前然后才赋出来的，而是这样的沧桑每每会迫使一个人坐在打字机面前。也就是司马迁说的，“诗三百篇，大抵贤圣发愤之所为作也。此人皆意有所郁结，不得通其道，故述往事，思来者”。

有文字的“初志”，也做出一点业绩，但却不以为意，随后踏上另一条自觉更有意义的现实之路，但“不得通”，最后的最后，再回过头来，“从初志，修往业”。这大概是多数古典诗人都会走过的道路。

5 修往业

上文说到“修往业，从初志”，絮叨半天，只说了“初志”两个字。今日重翻钱穆的《中国文学论丛》，忽然想到，其实这句话的第一个“修”字，才是最好。

钱穆说，“此个人之日常生活与其普通应接，皆成为此一家文学之最高题材。……中国文学之成家，不仅在于文学技巧风格，而更要者，在于此作家个人之生活陶冶和心情感映。作家不因其作品而伟大，作品因于此作家而崇高也”。这里面，所谓日常、应接、陶冶、感映，归在一处，就是一个“修”字。中国文化的好，是凡事无论大小好坏，都要在自己身上去寻原因。比如渡河，若能同船，那是自己百年修得，若不能，也是自己没有修到，那份欢喜得失，原来都是与他人无关。

就像爱与恨。

西人所说的“爱”，多半是动态的，是一个向外的行动，或者，是恩培多克勒意义上的吸引聚集；但中国古人所谓“爱”，却是向内的感受，其意义，有点近似于喜欢，“今日相乐，皆当喜欢”，是大家心里都各自有欢喜。比如一个人很容易说，喜欢某某，因为这喜欢只和自己有关，但不容易说爱某某，因为这个“爱”字如今已成为 love 的意思，一定要有一个外在的承受和反应，所以不习惯。

而“恨”呢，在古人那里，其实多数是当“遗憾”来解的，也是与别人无关。长恨歌，多少泪珠无限恨，恨如芳草、萋萋铲尽还生……这些“恨”，也只是自己很难过，并不是真要去怨天尤人。

这子建的文章拉杂写了半天，竟还没论及什么具体诗作，既是因为我写的无章法，也因为子建的好其实也不在什么篇章字句上。后世批驳他的人，比如船山，摘出几句《公宴》这样的应酬诗中不好的句子作为反证，也是无谓。“诗看子建亲”，这亲的，是那个懂得欢喜和遗憾，也知道“修”的人。

6 洛神赋

现当代文学的研究，的确不算什么学问；但古典文学的研究，往往也堕落成古典语文学的历史考证，虽然倘若做到文史互证，也能成大家，但实际上搞文学考据的作者，多迂腐浅陋，少通达博识，故论点经常建立在一个非常脆弱的设定的基础上，令人不敢趋附。如子建遇见甄妃时十三岁，他们便纷纷断定因为小孩子不解风情，不可能起爱慕之心，故考证《洛神赋》定非思甄妃之作云云。但我们略微开明一点的人，凭借常识就知道，小学生已有恋爱的可能，且少年初恋对象往往是年长的女性，卢梭便是例子。而周作人也有《初恋》一文，记载他十四岁时对邻家女孩的亲近。如果我们读古书，《左传·襄公九年》即云：“国君十五而生子，冠而生子，礼也。”其下注云：“晋悼公以为十二岁可以冠，十五岁则生子。”又引《尚书》郑玄注云：“天子、诸侯十二岁而冠。”冠，是古人的成人礼。既然十二岁冠、十五岁生子，说明古人在这个年龄生理上已经健全，那么十三岁对女子起了爱慕之心，又有什么奇怪?

关于《洛神赋》，历来有三说。感甄妃说，思文帝说，糊里糊涂审美说。上世纪40年代有詹锳《曹植洛神赋本事说》一文，资料甚详，其从《离骚》出发，以洛神为贤人，猜测赋洛神是怀丁氏兄弟，所谓怀贤念友，以解“左右惟仆隶，所对惟妻子”的孤寂，倒是颇可取。遗憾之处，是他也难免上文所说的毛病，硬是不敢用男女之情去附会十三岁时的思王。

读《洛神赋》，要先读《离骚》和《神女赋》，惟有先读过屈宋，才不会在《洛神赋》文辞之美的面前瞠目结舌，以至匍匐前进；才会理解，为什么艾略特说，一位诗人作品中最好的部分，很可能正是他的先辈诗人们最有力地表现了他们作品之所以不朽的部分。如看到“翩若惊鸿，婉若游龙”，就要看到“忽兮改容，婉若游龙乘云翔”；看到“皎若太阳升朝霞”，就要看到“耀乎若白日初出照屋梁”；看到“神光离合”，就要看到“纷总总其离合兮”；看到“怨盛年之莫当”，就要看到“恐美人之迟暮”……诸如此类，不可胜举。而这个所谓“个性经由学问消灭于传统”的道理，在艾略特那里是针对现代诗人的晴空霹雳，但在中国古人那里，反倒是烂熟于心的常识。

这当然也有流弊。后世俗品，写诗注诗如同字谜的设与拆，往往费尽心机追源溯本，无一字无来历，却每每忘却归时路。所以，又要用钟嵘的这段话来解毒，“‘思君如流水’，既是即目；‘高台多悲风’，亦惟所见；‘清晨登陇首’，羌无故实；‘明月照积雪’，讵出经史？观古今胜语，多非补假，皆由直寻”。这两方面反反复复，合起来，才是中国诗的学问和性情。

而子建恰处于这么一个关节处，能“根乎学问”，又“本乎性情”，所以，横向来看，是七子之冠；纵向观之，却也是继往开来。

回到《洛神赋》，就是要看到《洛神赋》中学问与性情的并存。再进一步看，就会发现，从《离骚》的“虽信美而无礼兮”、《神女赋》的“美貌横生”，到《洛神赋》里的“嗟佳人之信修，羌习礼而明诗”，存在着一个质的翻转。在屈原和宋玉笔下，那个仅仅作为美好象征的空壳丽人，到了子建笔下，居然已被赋予了灵魂的血肉。那么他所看到的洛神，究竟是男？是女？是知交？是所欢？或者，竟是半生遭遇的女子与知己，在瞬间有情有义的浑融罢。

我不敢确定，惟见“神光离合，乍阴乍阳”。

甄妃逸事之外，曹植一生娶过两位妻子，后一个妻子史料无记载，且不谈。第一个妻子崔氏，其兄崔琰曾是曹操的重臣，两家关系一度很好，这段姻缘，也该是出自相悦。关于崔氏的史料，惟见《世说新语》，说崔氏后来因“衣绣违制”，被曹操勒令回家并赐死。一个冒着禁令也要穿上好看衣裳的女子，想必是太过美丽；而从容说出“天下之贤才君子，不问少长，皆愿从其游而为之死”的丁翼，想必也是太过知己。至于少年时遇见的甄妃，亦是在黄初二年被文帝赐死。朋友妻子，佳人知己，竟统统殁于父兄两代之手，这其中的创痛，该是难与人言也无从与人言吧。“功名不可为，忠义我所安”，于不可为之后但求一个“安”字的思王，也仅仅是在这首以洛神为名义的赋里，略微地仓皇了一下。

7 歌与诗

我们对周围人事及思想的认识和评论，一般都基于我们对过去人事及思想的领会和判断，换个角度，考察一个人，也就先要看他在自己那个领域，是如何判教，也就是他心目中的思想谱系是什么样的。取法其上，得其中；取法其中，得其下，这个是讲选择；选择之后，还得形成具体的道路，这选择才不致落空。

当代汉语诗人如今也读古诗，也讨论古人，但他们眼中的古典世界，往往是断章取义后的混杂，是明末清初、南宋、晚唐、再沾一点陶渊明，这条线，是他们在诗歌领域的判教。所以，当代诗人和古典世界联系最好的那几个，气象也都显得弱，因为明末、南宋、晚唐，六朝的气象都是弱的。

惟有在台湾民歌运动中，隐约可以见到一点乐府的影子。比如我看到《南方周末》上关于美浓人创作山歌反水库的纪念报道，真是感慨。里面抄了一首《种树》，钟永丰作，在我看来，不仅是一首最佳作词，也是一首很好的现代诗。

种给离乡的人
种给太宽的路面
种给归不得的心情

种给留乡的人
种给落难的童年
种给出不去的心情

种给虫儿逃命
种给鸟儿歇夜
种给太阳长影子跳舞

种给河流乘凉
种给雨水歇脚
种给南风吹来唱山歌

我一直赞同一个观点：为什么说诗人这个词如今居然变成一个不堪的称谓，是因为这个时代的诗，其实不在这个时代所谓诗人的分行作品里面。不过，诗也没有消失，比如说一部分就转移到了流行歌曲里。当然这其中也要有辨别，就比如我们后世称赞唐诗，也只是指向几万首唐诗中间的少许作品而已。而台湾民歌的好，我以为就在于它接通了乐府这条线索，甚至有些作品已经到了《国风》这个层次。诗，是要在生活中发挥实际作用的。子曰，不学诗，无以言。言就是表达自己。孔子这话是站在未成年人孔鲤的角度说的，而站在诗人的角度，一首好的诗，也就是要能帮助别人表达他自己。可惜现在这句话时常变成：学诗，无以言。

不能用以言的诗，又要学它作甚？

六朝人喜引子建，那是因为子建替这些普通人准确表达出他们难以表达的悲伤，用最愉快的方式。曹植不是要去探索和制定一套普适性的韵律规则，比如后来的沈约、林庚，曹植的韵律都体现在他的作品中，如水在水中。《朱子语类》卷七十八云："古人作诗，自道心事；他人歌之，其声之长短清浊，各依其诗之语言。"陆云给陆机写信说："人亦复云，曹不可用者，音自难得正。"大诗人不创造规则，只创造潜规则。又比如世传曹植是中土梵唱的肇端，但我想，他不过是听到鱼山崖岫里清遒深亮的诵经声，想起自己的心事，随之轻轻地和了几声，却被身后的人听到。

8 未知

我那天去喝朋友喜酒，见到一位过去的老师。我在学校时认识老师很少，毕业后更无往来，许师去世后，他大概能算我和那所学校唯一尚存的联系了。那天和他隔着一桌子菜对面坐着，旁边都是他的女学生们，在一片叽叽喳喳中，寡言少语的我看着同样寡言少语的他，不止一次地想起他在《笔记本》里写过的那段文字：

> 在一个很严肃的场合，讨论某个问题的时候，我如实相告没有什么特别的想法。
>
> 朋友指责说，怎么可以没有自己的想法呢？大家都有，你怎么可以没有？
>
> 我也说不出怎么可以，没有，我也拿自己没办法。
>
> 其实，现在，有思想有想法的人太多了，而且是很多的人对很多的问题都有思想有想法。他

们表达得那么理直气壮，活得那么理直气壮，真的很让人羡慕。在思想和想法的包围中，一个没有想法的人，很羞愧，很可耻，很难。

生活也被密密匝匝的思想和想法包围住了。生活，在那些思想和想法的围困中，显得羞愧，可耻，艰难。

你们这些有思想有想法的人，能不能安静一会儿？吵死了。

我也是一个没有想法的人，因此，很多时候，写作对我是一件非常累的事，是一个没有想法的人竭力在一片未知领域寻找想法的过程。

刚刚去世的量子物理大师惠勒有一句话，“要想了解一个新的领域，就写一本关于那个领域的书”。我今天看到这句话的时候怔了一下，原来我对曹子建的写作就是这样的一种心境。这也是“古之学人为己”的道理。所有言说与文字的努力，不是为了表达自己已经了解的一切，而是为了明白自己尚且有多少不曾了解的事物。

1 夜中不能寐或开始

> 夜中不能寐，起坐弹鸣琴。薄帷鉴明月，清风吹我衿。孤鸿号外野，翔鸟鸣北林。徘徊将何见，忧思独伤心。

最好的音乐，往往是没有具体名目，且浑然一片的，比如莫扎特和巴赫。如果说聆听一首标题音乐，圣桑的《天鹅》，或者门德尔松的《春之歌》，像是作一次有计划的美妙春游，那么，聆听莫扎特和巴赫，哪怕仅仅是一个片断，那感觉竟是整个春天轰然而至。

最好的诗也是这样的无名而广大。比如《古诗十九首》，每首本来都没有名字，但怎么能没有名字呢，所以后人就随随便便拈出首句姑且充个名字，就像给莫扎特和巴赫的音乐编号一样。

我老早爱读李商隐的《无题》，现在想来，其实义山那些诗都还是有题的，只是作者故意含混带过罢了，这和汉魏的"杂诗"相比，还是不一样。

《文选》单列出杂诗上下两卷，上卷比较纯粹，

阮嗣宗

开篇就是“古诗十九首”，后面有王粲、曹植、嵇康，再后面有张华、左思等，都是没有名字姑且给个名字的“杂诗”。可惜尚且漏掉一个人，那就是阮籍，因为八十二首《咏怀》，其实也都是这般的兴寄无端。

这并非我强为说辞。王夫之云：“步兵《咏怀》，近出于十九首。”黄侃云：“古诗十有九章，皆含深旨；咏怀八十二首，悉寓悲思。”可见历来说诗，《十九首》和《咏怀》之间，每每存在一个对应关系，故置入一卷之中，也应该不算僭越。

何谓“杂诗”？其实有一个解法，就是《咏怀》发端的那句，“夜中不能寐”。

我是个挨到枕头就睡着的人，所以不大能深察失眠者的心思。就有限的经验加上揣测，我以为一个人夜中不能寐，往往不是单有一个念头缠绕脑际，而是有千万种念头，剪不断，理还乱，别有一番滋味在心头。这滋味，就是“杂”。

再者，有一段格非谈论写作的话，我曾经很喜欢，后来慢慢察觉其中流露出的现代文人的局限性，如今抄录在这里，是觉得倒可以作为“杂诗”一词很贴切的注解——“写作是秉烛夜游，在黑暗的丛林中开辟着道路。写作是在向着白昼的旅行，你只有写，天才会一点点亮起来。按照我的理解，你并不是完全知道要写什么，才开始动笔。通过写，我们最终发现了自己。”

写作是秉烛夜游，这既出自“昼短苦夜长”的焦虑与紧迫，却也是“夜中不能寐”之后的无奈。因为夜中不能寐，所以姑且就写作吧，但动笔的时候，却不是完全知道要写什么，一片杂乱，只是写完之后，才慢慢地有所发现，但这发现又不可能一次就完全，所以要不断写下去。所以大凡冠名“杂诗”的，往往不会一首孤绝，而是峰峦如聚。

而其中连绵成蔚然大观的，就是《咏怀》了。夜未央，人无眠，这情景意象并不始于嗣宗，《古诗十九首·明月何皎皎》“忧愁不能寐，揽衣起徘徊”，王粲《七哀》“独夜不能寐，摄衣起抚琴”，曹丕《杂诗》“辗转不能寐，披衣起彷徨”，都是之前现成的句子。但是，唯有在嗣宗这里，这句念叨自己睡不着的话，被猛然提到了一首诗的首句，提到了“不是完全知道要写什么”的原初。于是，夜中不能寐，也就不再只是一个无可奈何的状态，而是振作成为一切可能性的开始。

2 平生少年时或过错

> 平生少年时，轻薄好弦歌。西游咸阳中，赵李相经过。娱乐未终极，白日忽蹉跎。驱马复来归，反顾望三河。黄金百镒尽，资用常苦多。北临太行道，失路将如何。

乔亿《剑溪诗话》云：“汉人无故不作诗，故陈思、阮籍诗虽多，读者不厌其多。”无故不作诗，因此每作一首诗，自然是有一个不得不作的心思，这心思温婉曲折又电光火石，千载之下，只可契合，无有重复，又怎么会觉得多呢？

《咏怀》里有一首“平生少年时”，我很喜欢，不过我的喜欢只是读起来很愉快，轻飘飘的，不像宋徵璧在《抱真堂诗话》里所说的，“阮籍咏怀，予尤好‘平生少年时’一首”，那个喜欢，是和本人生命有关的沉痛。

宋徵璧，字尚木，是明末松江几社的重要成员，于膏粱少年之际，匹马入京师，随后与陈子龙、徐孚元、夏允彝、吴梅村等明末巨子诗酒唱酬，盛极一时。陈寅恪《柳如是别传》中多次引其唱和诗文，作为考辨论证之依据。陈子龙曾盛赞其诗曰，“壬申以前，唯尚木之诗可存”。崇祯十年，他和陈子龙、徐孚元共同主编《皇明经世文编》，收集明朝两百多年的经世致用之学，其疗救当世的意图虽未得实现，但此种编选工作的影响和价值，又当胜过其诗文不知多少倍。

旋即国破。鼎革之际，宋徵璧选择孝顺，北上仕宦新朝，终老于官，而陈子龙执守忠义，南下谋划抗清，杀身成仁。昔日同盟，从此肝胆楚越。

变节折身，不知道从何时开始，就成为中国文人一大痛。周祖谟曾于1944年写就《宋亡后仕元之儒学教授》一文，探讨因“变节”而屈身入仕新朝的人群，认为这些儒学之士虽然变节，但却也因此得以留下读书种子，遂“于外族蹂践之下犹存一脉生生不息之气者，端赖此耳”。这是“执今之道以御今之有”，心念的是如周作人、刘师培这样大节有亏的现代知识分子。类似这样的解释，虽然委婉且有力，但因为已经是在替人解释，终会落得一个与人争论的境地。

记得许师尚在的时候，就曾对汉奸文学这个题目颇有兴趣，可惜当时弟子对此都无有响应。在我想来，这个题目若是有意思，就不能把它当作偏义复词来看，不是“汉奸的文学”也不是“文学的汉奸”，而就是“汉奸”与“文学”的并列，是这两个词在有良知的个体身上的冲撞与倾轧。那些深藏于心的过错和苦痛，不是因为可以解释，而正是因为无法解释，不可消除，才会积聚成一种力量，像大地内部灼烧奔腾的暗火，最后化作丰厚的矿脉。所谓“国家不幸诗家幸”，也是在上述意义上，才成其为一句悲婉之后的清醒，否则，比如大地震之后的作协诗词秀，不过是让“诗人”这个族群又平白背负了一次骂名罢了。

宋徵璧也是这样。“北临太行道，失路将如何。”欲至楚而终北行，在顺治康熙两朝为官十余载的崇祯进士宋徵璧，在八十二首《咏怀》中挑出这么一首诗，只用“尤好”两个字，就道尽了不可言说的一切。

3 平生少年时或成人

我前几日在翻闲书，看到一段话，是女主人公向闺蜜揶揄一个做人事经理的追求者，“这个男人再英俊温柔，也总盖不住婆婆妈妈的人事气味”。“人事气味”这个词很有趣，如果换作巴尔扎克，肯定要就此具体分析好几页，如今的作者偷懒成这么一个词，我们之所以还可以体会，是因为我们现在的人大多就是由职业构成，也都有职业气味。比如陌生人见面寒暄，打听对方工作就像在偷看性格测试的答案，是了解一个人最快捷的方式；又比如追悼会盖棺论定，其实论的都是工作经历，定的也都是工作成就，干巴巴的有如应聘冥府的简历。

与由职业构成的人相对应的，是由故事构成的人。比如思故乡莼鲈的张翰，又比如前几年过世的贾植芳先生，这都是些由故事构成的人。阮籍也是如此，《晋书·阮籍传》，通篇都是故事。其实，这也是中国史书的传统。中国人讲故事不是出自虚构，而是起于追忆，所以，中国最好的故事，不在传奇志怪里，而在史书列传中，在记录一个人如何成为一个人的过程中。

李善注“平生少年时”这句诗时，引“久要不忘平生之言”作解，这句话来自《论语·宪问》第十四，子路问成人。朱子集注里说成人犹全人，但“成人”这个词，要比“全人”好很多。“成人”就是成为“人”，还有一个类似的词是《庄子》里的“至人”，即到达“人”。与直指终点的“到达”相比，《论语》更注重一点一滴的“成为”，所以“至人”是不可看见的，而“成人”是能躬行践履的。孔子对于“成人”的指点，最后就是落在“久要不忘平生之言”这句上面。平生，就是往昔，能够久要不忘平生之言的人，我猜测就是孔子期望见到的有恒者。

这成人的路，在西方有教育小说，从“少年时”开始，不断地开拓变化，是老老实实回答鲍勃·迪伦歌中的问题，“一个人要走多少的路，才能真正的成为一个人”；而在中国的史书列传，每每总是先把握这成人之路的整体，最后再追述“初，某某如何如何”，这里的“少年时”，似乎既早早决定了未来，又是在最后才得以定形。

“决定未来”这一点，好理解；而“在最后得以定形”这点，思量起来则要费点周折。可以参考艾略特的话，“当一件新的艺术品被创作出来时，一切早于它的艺术品都同时受到了某种影响”，以及博尔赫斯所谓“每一位作家都创造了他的先驱者”。在中国，由于最好的艺术品始终是“人”本身，所以当一个人不断向“成人”迈进，他的过去其实也在悄然变化。正是源于对这一点的洞彻，《三国演义》第三十二回末尾，作者会引出白居易的诗：“周公恐惧流言日，王莽谦恭下士时。假使当时身便死，一生真伪有谁知？”

金克木先生86岁时曾自编一本小书，名字就叫作“少年时”，“茗边老话少年时，枯树开花又一枝”。金先生是喜欢阮籍的，而金先生的少年时，亦如阮籍的“平生少年时”，因为由“成人”回望的目光所铸成，所以不是被时光染黄的标本，而是年年岁岁都可以来去的花。

4 西方有佳人或知音

西方有佳人，皎若白日光。被服纤罗衣，左

右佩双璜。修容耀姿美，顺风振微芳。登高眺所思，举袂当朝阳。寄颜云霄间，挥袖凌虚翔。飘飖恍惚中，流盼顾我傍。悦怿未交接，晤言用感伤。

熊十力曾经给某报撰文论自己读《诗经》的体悟，言及其少年时读诗，除略通训诂之外，于“诗三百”意境本身并无感受，想借孔子论诗的一些话来帮助印证，却连孔子的意思竟也不能明白。直至年岁稍长，自己胸中有丘壑，这才于夫子于《诗经》，都若有契悟。他于是有感慨，“凡了解人家，无形中还是依据自家所有的以为推故”。这个道理，知易行难，似简实深，其实也就是《文心雕龙·知音》所谓“岂成篇之足深，患识照之自浅耳”。“识照”这个词我很喜欢，让人立刻想到《心经》的“照见五蕴皆空”，以及《神女赋》的“耀乎若白日初出照屋梁”，有一种纯粹自然却又是自觉的明亮。大凡文字般若，要明白都是从这样圆明寂照的清净心中流出，否则徒然翻弄经典与解释，不见自心，那么对文学对人生，都不会谈得上真切的认识，遑论知音。

然而这其中也要谨慎，因为“认识你自己”是一个恒久的事情，“自心”也当一直是在生生不息中，倘若拘泥一方，虽然看似也在“推己及人”，但其实可能只是把世界给看小了。

譬如叶嘉莹解汉魏六朝诗，在我看来，就有这样的问题。我记得初读叶嘉莹，还是在非典时期的火车上，空荡荡的车厢里一路心思宁静地看完大半本《唐宋词十七讲》。之前对于唐宋词，虽有爱好，但说到具体的领悟和体认，真还要始于她的讲解。不过，后来对她便慢慢有些不喜，因她总是用“唐宋词”这个自家的趣味，看待所有的诗。故而无论三曹、七子，还是太白、工部，亦或清真、梦窗，在她笔下，竟然都似同侪。

当然我这里也不是要妄断优劣，因为一叶既可障目，或也能借此而知天下秋。比如《西方有佳人》这首诗，叶嘉莹就认为，虽然《文选》和历代选本都未曾选入（其实也是有选的，比如《古诗源》），但这首诗有极美的地方，很值得揣摩。此种见识，起码要比单纯的索隐指附和政治教化高出很多。不过，具体到对这首诗的阐发，因了识照的不同，迦陵数千字，在我看来，竟及不得季刚先生的几句话——“西方佳人，陵云远上，虽相悦怿，而不复晤言。故知爱憎之情自我，离合之理自天，命之所无奈何！”

“爱憎之情自我，离合之理自天”，大凡好诗，里面的道理多半便是如此的简单，因其简单，故能轻易动人，也正因其简单，常会轻易放过。南怀瑾讲《圆觉经》时曾有言，“显教就是密教”；而赫拉克利特有一段描写德尔斐神谕的著名残篇，是这样说的，“那位在德尔斐发神谶的大神不说话，也不掩饰，只是暗示”。一首好诗里的词句，要知道就是这样简单清明的宛若神谕，也如教言。

仔细看来，嗣宗这首诗，其实从头至尾，是全拟子建《洛神赋》意境，套句现在的流行语言，是在向《洛神赋》致敬。为什么佳人在西方，不在北方和南国，那不是暗指什么明王在西，而就是因为洛神之于东阿，是在西方；其余文辞和脉络近似处，不必一一细举，对照便知。嗣宗虽倜傥，亦著《乐论》，心肠中有与子建一般仁厚处，故于子建生平际遇及《洛神赋》的深情，自能有所亲近体贴。作此诗，是伤子建之所伤，由伤子建进而又伤魏国之不存。离合之理自天，不敢复言，然爱憎之情自我，又当申之。

又忆起颜延年有咏步兵诗句，“沈醉似埋照”，这埋照也是识照。“不惜歌者苦，但伤知音稀”，嗣宗之于子建，可谓知音乎？

5 炎暑惟兹夏或记忆

> 炎暑惟兹夏，三旬将欲移。芳树垂绿叶，清云自逶迤。四时更代谢，日月递差驰。徘徊空堂上，忉怛莫我知。愿睹卒欢好，不见悲别离。

今日出梅，明朝入伏。我曾以为，夏日过于遥远，但里尔克说，夏日曾经很盛大。

我不是很喜欢夏天。蒸腾的暑气让大多数人面目模糊，那些在冬日里尚属峻洁清爽的面容，如今却好比化了的冰棍，坍作一堆，不小心就弄得一手一脸的粘腻。这时候若跳进河里自然是最舒爽的事，但城里面的河都是用来或观看或治理的，能跳的只有不干不净的游泳池，末了徒增一身的消毒水气味，需要在冷水喷头下使劲地冲。

那么退而求其次，在我们，是老老实实躲在有空调的屋子里看书观碟；在嗣宗，是“芳树垂绿叶，清云自逶迤”，大抵都能算抑郁难堪中最适宜的享受。我这个夏天虽蜗居在家，却没怎么吹空调也没怎么看碟，只是读到诸如“炎暑惟兹夏”这样的句子，遂想起一些过往的夏日，顺手俯拾起一些记忆。

有一个夏天，我租住在辉河路蝉鸣喧天的小区底楼，碰巧看了两部关于夏天的电影。一部是《不良少女莫妮卡》，伯格曼导演的 1953 年黑白片。一个纯真爱情在平淡婚姻中渐渐毁灭的故事，它之所以动人，是因为其中那个保存了最初爱情的夏天。那个夏天，17 岁的蔬菜店女工莫妮卡前来投奔 19 岁的瓷器店学徒马丁，两个暂时从呆板工作中逃离的年轻人，一个可以自由挥霍、驾船四处游荡的夏天。另一部是《菊次郎的夏天》。在我不多的观影经验中，北野武是我比较偏爱的。这部电影里有着北野武少见的明朗，但这明朗并不是童话，而是童年和夏日的永恒光芒，在四个落魄的现实成年人身上的短暂反光。

夏日漫长，地上遍布烈火，大约唯有恋爱和孩子的心境，才不以其为苦夏，才能在无所事事中自得其乐。我 25 岁之前的日子过得浑噩，有关夏日的记忆也大多漫漶，惟记得有一个夏天和几个人去河里游过一次泳，在河滩上大摇大摆换衣服；还有一次夏天耽延在学校，大雨后的林地上全是小洞，一个朋友捕了一只蝉蛹放在社团的小屋子里，看它慢慢变成知了。而说起真正抓知了，竟然是后来二十七八岁时的事情，在那个大约是最后的暑假里，应友人之邀去山东玩，我跟着他扛着一端套上塑料袋的长竹竿跑到村口抓知了，像是补童年缺下的课。

对学校生涯时的我而言，夏日更多的意味是离别和寂寞，最大的离别当然是那些个毕业的夏天。不过，最后一次毕业的那个夏天感觉要好一些，平素相处的几个同学并未骤然分离，而是租住在一处，柴米油盐烟熏火燎了两个月，我那时下午四点半就下班，另一个同学尚未工作，每日尚有暇一起生火做饭，喝喝酒，一个晚上就过去了。

不过，慢慢的，秋天又要来到，热闹与寂寞的夏日都会远去，就像《不良少女莫妮卡》中的年轻爱侣，以及《菊次郎的夏天》中的一群人。“愿睹卒欢好，不见悲别离。”我如今读到嗣宗这首诗的末句，并不觉得其中有多少忧患与恳切，他只不过是寂寞时的自语，洞见后的安宁。

6 嘉时在今辰或拣择

嘉时在今辰，零雨洒尘埃。临路望所思，日夕复不来。人情有感慨，荡漾焉能排。挥涕怀哀伤，辛酸谁语哉。

有僧人问赵州禅师：至道无难，惟嫌拣择，是时人窠窟否？赵州云：曾有人问我，直得五年分疏不下。

这是《碧岩录》里的一则公案。问的人或许心高，只疑三祖的话是句轻巧烂熟语，但答的人却要郑重，所以思量了五年，仍不肯承认有所得。

因为“凡是好语，最怕变为俗套”，而“古人之雅言，今日皆为陈言”。这就好比我写下“嘉时在今辰”几个字，却不知道怎么接着说才好，也亏得见到赵州和尚的五年分疏不下，这才让我心下朗然，干脆放下，先说件别的事情。

我妹妹上初二后，我去外地读大学，母亲也回厂里上班，丢下她一个人在爷爷奶奶的大家庭里读书，后来成绩便不好，胡乱读了一两年职业中专，然后就一直待在父母身边，工作，恋爱，结婚，只看着我一直做游子。继而她生小孩，要起名字，第一个就打电话给仍在读书却已升职为舅舅的我。我和一个正儿八经中文系出身的朋友苦思冥想，翻完《诗经》翻《周易》，列了几个自觉有深意的名字，但却被其家庭联席会议一一否决，好不尴尬。最后，我妹告诉我，名字定了，是她自个儿想的，叫“雨辰”。我问缘由，她说一是雨天早晨出生，二是她刚看的一本言情小说里面，男主人公便叫雨辰，她觉得很好听。这般通俗，真让当时的我觉得有些泄气，而如今，这名字早已成长为一个漂亮伶俐的小男孩，整日唤来唤去，竟也不曾觉得俗气。

原来名字也好，言语也好，是俗是雅，是新鲜是陈言，都不是凭空拣择，都要留待活泼泼生命的检验。进而，待我如今读到“嘉时在今辰，零雨洒尘埃”的句子，回头琢磨，这“雨辰”原本竟是既妥帖又响亮的好名字。

话说嗣宗“嘉时在今辰”这首诗有一个争议，就在“零雨洒尘埃”这句。黄节引曾国藩云，“天时既佳，道路无尘”，这是说细雨霏霏正是迎客天，上合《诗经》“零雨其濛”的远归之心；然而黄侃《咏怀诗补注》却说，“甫得佳期，忽逢零雨。所思终阻”，这是说雨天乃阻客天，下接宋人赵师秀“黄梅时节家家雨……有约不来过夜半”的失期之意。孰是孰非，也可作有趣的探究。不过，雨落于地，本是天地相遇之象，进而汇萃成泽，得见万物相聚之情。所以，这细雨或许本来就是一喻两柄，无论是阻客还是迎客，在主人那里，同是惹起一份有所思的心情。

这就又好比丰子恺题在扇头的诗，“今朝风日好，或恐有人来”。那人来不来先不必管，“难得今朝风日好，春光佳思平分”，原来自己的那份佳思亦是这好风日中的一分子。

只是，那人最终没有来。嗣宗《通易论》最后讲，“圣人独立而无闷”，可见他其实是不怕孑然一人的。世人都把嵇阮并列，其实嵇康最好的朋友是向秀，一个打铁，一个扇风，嗣宗于竹林诸子，虽有亲近，最终也不过都是如水之交罢了。然而，“挥涕怀哀伤，辛酸谁语哉”！《咏怀》八十二首里，却处处是这样出自孤寂的哀伤和辛酸，这又是为何?

阮旨遥深。连离他最近的六朝人都不为他强寻托辞，我们似乎也更不必。《圆觉经》云:“于诸妄心，亦不熄灭;住妄想境，不加了知;于无了知，不辨真实。”细想一下，他或许也是这般的随顺觉性。

陶渊明

1 风雨

谈论陶渊明，对我来说，是一件艰难的事情。

或许因为谈论诗，本来就是一件艰难的事情。“始可与言诗已矣”，这句简单的话，具有多么大的力量，以及要想听到这句话，又需对历史和生命有着多少的体悟，大概子贡和子夏自己也未必完全明瞭。进而，“始可与言诗已矣”这句话，又并非所谓的文学批评许可证，孔子没有打算做高头讲章，他只是言诗，只是说，我可以读读诗给你听。

或许，我也只能谈谈我自己，比如此刻坐在北风呼啸的窗前，看底下路面的颜色在明暗间变幻，我知道那是雨下了又停，停了又下。

曾听老师讲，陶渊明文不如五言，五言不如四言。我听到这话时心里一动，因为我喜欢的陶渊明，正是写《停云》、《时运》与《荣木》的那个陶渊明。他的五言当然也好，只是被后来的人当作文学讲惯了，也融汇到了后来的文学中去。写五言的陶渊明好比是一个超越时代的大众情人，而写四言的陶渊明，则是一个从《诗经》中偶偶而出的君子，走到六朝，就停了下来。

《郑风》里有一首《风雨》，说的就是见到这种人时的欢喜。“风雨凄凄，鸡鸣喈喈。既见君子，云胡不夷。”于乱世里见到不改其度的君子，如同动荡不安的风雨中听闻依旧守时的鸡鸣声，同样地让人安心，进而生出喜悦。此诗之后，风声、雨声，亦成为中国人心中挥之不去的声音。

诗无达诂。比如对这首诗，方玉润就以为，风雨未必喻乱世，“风雨晦暝，独处无聊，此时最易怀人”。这样解，破经学，近人情，这种感觉有点像后来的“五四”新文学，在当时都是新鲜的诗意、勇敢的突破，但我们后来的人回过头看，却没有非此即彼的必要。因为诗意云云，都是与当时当地具体读诗人的具体生命要求有关，而一首能流传的好诗，恰恰是能经得起各个时代各种环境下的各种生命的要求，这样才成其厚味，才不仅是一首拥有几个佳句的单薄的诗。

至道无难，唯嫌拣择。而一首好诗，其中的意思，同样也是唯嫌拣择。

风雨，是天地之间的气象，又从来不仅仅如此。《礼记·孔子闲居》即云：“风雨霜露，无非教也。”《周易》中亦有恒卦，震上巽下，其象云：雷风，恒，君子以立不易方。《周易集解纂疏》解释说："盖雷风至变，而至变之中有不变暂存，变而不失其常者。君子象之，以立身守节以不变易其常道也。"这恒卦的象辞，简直可以直接拿来，和《毛诗序》、《诗经原始》一起，作为《郑风·风雨》共同的注解。也惟有这样，自然、社会、个人和历史，才一同被裹挟在风雨之中，也惟有这样，这风雨以及置身其中的相见与思念，才显得丰厚。

田晓菲曾作《停云》诗的笺注，"以语所安，所安云：此诗反用《论语》开篇'有朋自远方来，不亦乐乎'之意"。我一个朋友对此评论道："好悲惨的家庭生活！"话虽刻薄了点，却是让人莞尔一笑的聪敏。虽然刘熙载就曾说"陶渊明大要出于《论语》"，沈德潜也有类似的说法，但拿《论语》去框渊明，确实是把渊明给框小了，这和说"其源出于应璩"一样不靠谱。陶渊明和《论语》作者之间的关系，与其说是"出于"，不如说他们是同样一批书的读者。同样的一批什么书呢？那就是六经了。少年罕人事，游好在六经。所以我更服膺厉志《白华山人诗说》的看法，"渊明之于“三百篇”，非即而取之，但遥而望之。望之而见，无所喜也，望而不见，亦无所愠”。一首《停云》，我以为便是对《郑风·风雨》的遥而望之。当然，我只是自言自语，不担心会背负上“好悲惨的家庭生活”。

2　停云

陶渊明的诗，不少都有小序，且“多雅令可颂”，别有一种简净的风致。《停云》诸诗的序，前人说是仿《毛诗序》的写法，这未尝没有道理，但却也不能执着，执着了，就会把陶诗解作毛诗，“思亲友”云云，也就附会出了一番规讽之意。我在想，陶渊明之所以爱写序，恐怕正是有《毛诗序》之鉴在前，害怕后人也为自己的诗胡乱附会添个莫名其妙的序，索性自己出面，先把作诗的意思挑个明白，用《毛诗序》的形式，却反《毛诗序》的用意，只谈个人情怀，不及政治教化。然而，寥寥数语，又真能全部说明白么？又怎能全都说明白呢？所谓“发必吐之辞于诗内，含不尽之意于言外”，用一部分真话来遮掩另一些真话。

渊明诗序，大抵要作如是观。

“濛濛时雨”，其中依稀有阮籍“嘉时在今辰，零雨洒尘埃”的意思，却又不是那样安静的雨，因为接在后面的是“八表同昏，平陆成江”，是一派风雨琳琅的样子。

那么，之前的“蔼蔼停云”，又是什么样子呢？

我有一日被大雨阻在一个陌生的地方，包里只有一本《古诗源》，随手翻到李陵苏武互赠诗重读。纪德在《新食粮》里曾感叹，“我们的文学，尤其是浪漫主义文学，总是赞扬、培育并传播伤感情调，但又不是那种积极而果断的、催人奋进并建功立业的伤感，而是一种松懈的心态，称之为忧郁”。而所谓“积极而果断的、催人奋进并建功立业的伤感”，在我心里想到的形象，便是苏武所说的“慷慨有余哀”。这五个字，约略说尽了汉诗，也说尽了我喜欢汉诗的理由。

李陵的《与苏武诗》，“仰视浮云驰，奄忽互相逾”，这不就是《偶然》么？还记得黄秋生的歌声，“你不必讶异，也无需欢喜，转瞬间消灭了踪影”，不过这里的“互相逾”更好，有一点点做人的骄傲在里面。后来读陶渊明，见到《闲情赋》里也有类似的句子，“行云逝而无语，时奄冉而就过”。行云流水，在诗人那里，其实是多么悲哀的场面，却又都是沉默的悲哀，只可以当作歌平静地唱出来。

因此，所谓“停云”，其实背后有一个隐而不宣的梦想，但是不能说，一说出来，就会停成了乌云。

3 有酒

说起陶渊明与酒之关系，自然都会提萧统《陶渊明集序》里的话，“有疑陶渊明诗，篇篇有酒，吾观其意不在酒，亦寄酒为迹也”。这话说得很漂亮，尤其有了后来欧阳修“醉翁之意不在酒，在乎山水之间”作比照，更觉得要漂亮些。不过，我总觉得，漂亮的话之所以漂亮，是因为它没有凿实，本意多为纠偏，并不企图给出正确答案。

然而，“寄酒为迹”的说法，在被一再地引用之后，酒仿佛也就成了陶渊明的一件工具，如同捕鱼的荃，指月的指，每个聪明的论者都希望赶紧越过它，以便循迹进入所谓的本质世界。因此，作为一种物，用海德格尔的话来说，酒本身的存在是处于“锁闭”和“被遮蔽”之中的。

陶渊明写孟嘉，“温尝问君：‘酒有何好，而君嗜之？’君笑而答曰：‘明公但不得酒中趣耳’”。所谓“得酒中趣”，我想大概就是抵达酒本身的存在，而渊明和孟嘉一样，都是得酒趣的人，所以，《饮酒》二十首遍言前朝嗜酒之人，却止于汉朝，不提魏晋诸公，因为魏晋名士喝酒，是为了享乐、避祸、抗名教，各有其个人目的，却和真正的酒趣无关。

真正的酒趣，其实都不在个人，而是在群体性的礼俗和人伦之中。《奥德赛》中，有一段被誉为最有智慧之人（奥德修斯）称赞人生之最大福分的话：

> 个个挨次安座，面前的餐桌摆满了
> 各式食品肴馔，司酒把调好的蜜酒
> 从调缸里舀出给各人的酒杯一一斟满。

挨次安座，每个人找到了自己在社会乃至天地中的位置，这酒才能喝得热闹和安心。而所谓“得酒莫苟辞”，不是出自个人的壮怀激烈，而不过是饮酒的古礼罢了。古时候君臣宴饮，以尽醉为欢，并设有专门的监酒，不醉不许走，谁要敢辞酒，那可是属于违法行为，要冒杀头风险的。“司正升受命，皆命：‘公曰众无不醉！’宾及诸公卿大夫皆兴，对曰：‘诺！敢不醉！’”我读到《周礼·大射》这段话的时候，心里会起一阵感动，这里有一种对酒神精神的日神般的接纳，携手共赴醉乡，却是天地清明的态度。

君臣之外，饮酒，其实是一件朋友之间的事。《小雅·瓠叶》：“幡幡瓠叶，采之亨之。君子有酒，酌言尝之。”各家注解中，我仍喜最初郑玄的笺注，“此君子谓庶人之有贤行者，其农功毕，乃为酒浆，以合朋友，习礼讲道义也”。原来这酒虽然是自家先尝，却是为朋友而备，只是朋友尚且没来，我就只好先就着最微薄的菜肴，先和家人品尝一点。郑玄又引《易经》兑卦的象辞，“君子以朋友讲习”，兑是喜悦的意思，原来饮酒的喜悦只是和朋友有关。读懂了这首《瓠叶》，再来看《停云》里的这句“有酒有酒，闲饮东窗”，就不单看到一份“有”的闲适，也能看到了一份“无”的落寞，接下来的“愿言怀人，舟车靡从”，是轻轻地叹了口气，却自有重量。

从君臣世界里悄然退出的他，也未必有几个相契合的朋友，因此，他总是一个人喝酒，“一生自乐”。不过，既不用应酬领导，也没有朋友欢闹，一个人喝酒，无喜无惧，倒有一点好处，就是不太会真醉。

4 友生

我最近因为要写陶渊明，各家注本参读着看了不少，也因此生出一些疑惑，不过自己也不是治古代文学的，所以也不知道这疑惑在不在理，况且自己也未必能把这些疑惑一一说清楚，所以也就这么边疑边写，心里只是想尽量写出点更有意思的话。

今天在找古直《陶靖节诗笺定本》，没找到，但看到朱自清曾写过一篇相关的书评，我家里正好有《朱自清散文全集》，便找出这篇，是在《语文零拾》里。说句题外话，朱自清的好处，当然不在《荷塘月色》式的浓腻美文里，而在诸如《标准与尺度》、《论雅俗共赏》以及《语文零拾》这样清楚明白的短篇论文里。这篇开头有一段文字，竟像为了我的疑惑而说的话：

从前为诗文集作注，多只重在举出处，所谓“事”；但用“事”的目的，所谓“义”，也当同样看重。只重“事”，便只知找到最初的出处，不管与当句当篇切合与否；兼重“义”才知道要找那些切合的。有些人看诗文，反对找出处；特别像陶诗，似乎那样平易，给找了出处倒损了它的天然。……固然所能找到的来历，即使切合，也还未必是作者有意引用；但一个人读书受用，有时候却便在无意的浸淫里。作者引用前人，自己尽可不觉得；可是读者得给搜寻出来，才能有充分的领会。

作笺注也好，写文章也好，首先都是自己读书的受用，所以能写出来或者能引用的，其实也都是自己的领会，领会到哪个地步，这笺注和文章也就能到哪个地步，是一点都掺不了假的。读古诗，找到字句的出处（事典）不难，尤其在拥有电子搜索技术之后，但难的是既上溯意思的源头（义典），又下追其在后世的影响，上下求索，一一抽绎，之后，且还能和自己的生命相联系，开出新的意思。所谓“寂然凝虑，思接千载；悄然动容，视通万里”，不单是文思，也正是阅读之思。

《停云》末章，“翩翩飞鸟，息我庭柯。敛翮闲止，好声相和”，我翻了不少家的注解，都是浮面之辞（古直《陶靖节诗笺定本》虽未看到，但王叔岷《陶渊明诗笺证稿》里引古笺颇多，也可略窥大概），到字句出处为止，眼前这只活生生的飞鸟是来自何方，却不管不顾。

《停云》自序思亲友，因为诗很好，后来“停云”两个字，竟成了朋友相思的代名词。而其实在《停云》之前，人们提及朋友时想到的，会是另一首诗。

毛诗《六月》小序云：“《常棣》废，则兄弟缺矣；《伐木》废，则朋友缺矣。”诗经里谈论友情的，要属《小雅·伐木》最为纯粹诚挚。“伐木丁丁，鸟鸣嘤嘤。出自幽谷，迁于乔木。嘤其鸣矣，求其友声。相彼鸟矣，犹求友声，矧伊人矣，不求友生？”

读完《伐木》，就已知道《停云》里那只飞鸟的来历了，整个《停云》末章也便豁然开朗。所谓“好声相和”，正是“嘤其鸣矣，求其友声”，而这鸟声背后回荡的，是来自《伐木》的古老责问，“相彼鸟矣，犹求友声，矧伊人矣，不求友生？”你怎么依然孤单一个人饮酒呢？这么一看，原来接下来的“岂无他人，念子实多”，正是诗人千载之下对此的回答。

不过我要说的，还不单是这些。我读完《伐木》，念念不忘的，是一个词——友生。“三百篇”里，“友生”这个词只出现过两次，一次在《常棣》，“虽有兄弟，不如友生”，一次，就是在《伐木》里。两首诗紧挨在《小雅·鹿鸣之什》里，正如兄弟和朋友的意思也总是紧紧相连。虽然注释都很简单，“友生”，即“朋友”，但在我想来，“友生”这个词，正是用最简洁的构词，说尽了朋友与生命之间的关系。

假如我们相信苏格拉底所说的，最好的生活是追求智慧的生活，那么，在向这样的生活尽力靠拢的路上，一个心智健全的人，肯定无法单凭自己就能判断所走的路是正确的，他一定是依稀能见到前人的身影，回头又看到另一些人正快步跟上来，更重要的是，还有一些可以声气呼应的同行者在左右。记得潘雨廷先生就曾深有所慨，他说他的好处是有很多老师，也有学生，但缺憾是少了研习的同道。“慨独在余”，对于这样的生命行走，陶渊明的慨叹亦如潘先生。

当然，这样的同行者又不能太多，二三子足矣，多了，就又形成一个由偏见构成的小团体，他们形成的包围圈会遮蔽掉原本在他前后路标般的身影，裹挟着他走向歧路而不自知。

继而，我们惯常的生命，毕竟都不能如苏格拉底般纯粹地去爱智慧，不能像苏格拉底般，在朋友的围坐和交谈中走向更好的世界。一个普通人，一生相守最长的，依然先是父母兄弟，后是妻子，再好的朋友，也都是“奄忽互相逾”。但其实，懂得了前面所说，也就明白了朋友之间，恰又是最不需要朝夕相处的，因为彼此已经镌刻在对方生命的年轮里。所以要回头再把“安得促席，说彼平生”这句轻轻读一次，这是设想在隔了漫长时空后的相见里，把自己生命的年轮打开，把被自己收藏的生命，交还给对方。

古人当中，最喜欢《停云》的，似乎是辛弃疾。他罢官闲居江西时，曾筑“停云堂”，其词中直用“停云”诗意处，凡九见。其中一首《贺新郎》最见其心，“甚矣吾衰矣。怅平生，交游零落，只今余几”，后面还有一句很有名，“我见青山多妩媚，料青山，见我应如是”，接着下阕开头，点明诗意，“一尊搔首东窗里。想渊明，停云诗就，此时风味”，末了结句，“知我者，二三子”。寥寥数句，都似乎是《停云》里欲说未说的地方，惟有两相比照下，方觉得一个太多慷慨，一个如此节制。

5 无成

我读书曾有过一个隐秘的习惯，遇到一个喜欢的作家，会留意一下他成名的年龄，再与现时的自己相比照。比如看到兰波，心里就会黯一黯；读到弗罗斯特，则又会妄自滋长不少勇气与信心。

而我能够写下这些话，是因为这个习惯不知何时已停止了。这当然并非因为我已经有所成，或许，只是由于我这段时日一直在读古典作家的缘故。所谓少作、成名作、成熟期、晚期，诸如这样把个体本已短暂的生命继续残忍地一分再分的概念，似乎与那些古典作家无干，他们的写作似乎超脱于时间，这也就让我渐渐从对时间流逝的惊慌中走出来。

因此，在对陶渊明的阅读中，当我一再遇到“无成”这个词（《荣木》“总角闻道，白首无成”、《九日闲居》“淹留岂无成”、《饮酒》“行行向不惑，淹留遂无成”、《祭从弟敬远文》“流浪无成，惧负素心”、《自祭文》“惧彼无成”……），一再遇到对于“无成”的不安、疑惑以及叹息，仿佛以人为镜，意外照见的，竟是自己深藏的种种心情。

记得《管锥编读解》在论及《离骚》“惟草木之零落兮，恐美人之迟暮”一句时，亦曾深有所慨。作者遂引《论语·卫灵公》“君子疾没世而名不称焉”和鲁迅早年蛰居时的集联“望崦嵫而勿迫，恐鹈鴂之先鸣”作参照，认为：“此含客观时空与主观时空之对比，犹无限与近乎零之对比，乃历代志士之重要刺激……此事古今同慨，少年子弟江湖老，能不感怆？”

于是，面对古今同慨的“无成”，便又有了《老子》的反其道而行之，《道德经》四十一章有“大器晚成”句，帛书乙本作“大器免成”，在很多“无成”之人读来，真的是一种很好的安慰。只是，正如刺激总是会化作某种动力，这安慰时常又成为一种麻醉，叫人用对生活的解释来代替生活。

我并不想用道家和儒家的思想冲突来解释陶渊明面对“无成”时的矛盾，类似这样的解释仿佛把人当作一个化学容器，酸碱混合，产生盐和水，明白而无聊，因为那么多的时代有那么多被酸碱浇灌的容器，却只产生过一个陶渊明。面对已经存在的人与诗，重要的不是解释，是认识。

在我看来，陶渊明念叨的“无成”，有一点点像苏格拉底常说的“无知”。正是凭借对“无知”的一次次认识，哲学才持续不断地返回到开端，回到根；同样，每一次对“无成”的思索，也让我们在疼痛中不断把目光返向自身。藉由它们的引路，我们得以有可能碰触到某种值得过的生活，某种更好的生活。

关于这种生活，倘若非要有个描述，我想会是《时运》小序里的“欣慨交心”，也是弘一临终时的“悲欣交集”，而欣慨与悲欣的不同次序，亦正是死生与生死的不同次序。

6　闲情

本来，“无成”一节写到“欣慨交心”，就比如一个人勉力奔至一处山顶，大风吹过，忽然就不知再如何继续下去了，强弩之末，不能穿鲁缟，何况穿越更远的山峰。遂安慰自己说，写作和出游一样，都是要留一点念想的，但似乎又有些不愿，所以，这一节好比是百无聊赖的下山过程中一个人对着石阶的胡思乱想，不必当真看。

在四言之外，《闲情赋》是我喜欢的，比《归去来兮辞》和《桃花源记》都喜欢，在这一点上，是有人赞同我的，比如陈沆就说，“晋无文，惟渊明《闲情》一赋而已”。当然了，他说这个话，是要攀附着苏东坡和昭明对着干，而我并不想和谁对着干，不对昭明也不对东坡。我只是出于初心的喜欢罢了，就像昭明和东坡，他们只是与陶渊明作倾谈，也一定挺厌烦后人的口水。

这“闲情”，不是闲情逸致，而是说，在感情的门上安上木栓，是防止情思泛滥的意思，可巧，我写过的几个人，曹植有《静思赋》，阮籍有《清思赋》，陶渊明有《闲情赋》，奕代继作，劝百讽一，情之所钟，却均在此辈。

《闲情赋》的好，在于不拿架子。《归去来兮辞》和《桃花源记》都有架子，大约因为后两篇里都是直言，无有规矩，不经意间自己反倒会端起一点规矩，而《闲情赋》顶着讽谏的规矩文体，戴着镣铐跳舞，心底下反倒可以安宁自然些。“送纤指之余好，攘皓袖之缤纷”，这让人想起《子夜吴声四时歌》里的“愿欢攘皓腕，共弄初落雪”，那初初碰触到的，不仅是雪，也有爱情。

中国的古典诗歌里，当然是有爱情的，只不过，这爱情不在词曲里寻常所见，而是藏得很深，总要偕着君臣、朋友的风雅身影一道出现，正如古希腊人，惟有在讨论哲学的名义下，才愿意彻底地揭示出爱欲。

在《斐德诺篇》里，柏拉图曾列举过四种迷狂，高居最顶端的，是爱的迷狂。爱，是在目睹到尘世的美之后，把自己交付出去后得到的回应，如同潮水一般，爱是在两个人之间循环激荡的过程，它让人身体里的羽翼重新生长，而假如爱人离开，灵魂失去滋润，这羽管的毛根就会干枯，那正在向外生长的新羽就会被窒塞，那种难忍的痒痛，就是爱带来的不安与折磨。

因为爱既是一种属己的情感，同时，又必然对确定时空内的他人有所依赖，所以，有关爱的故事，就是不安，犹疑，疼痛，叹息的故事，就是一个人失去另一个人的故事。在西方，这样的失去常常被艺术家们转化为创造的激情，而在中国，在整个《闲情赋》里，我们却看到一个人，他竭力要把这种失去在自己的生命里一点点化掉，他并不想利用这份爱做任何事情。

不过，关于爱，真的如我所说这么简单吗？此刻，我正在听 Alicia Keys 的 *Fallin'*，在歌里她唱道：

Sometimes you make me blue

Sometimes I feel good

是的，爱固然是忧郁，不安，犹疑，疼痛和叹息，但有时，爱也真的是一种美好的感觉。在《闲情赋》的末尾，诗人提示我们，"诵召南之余歌"，而我在《召南》里找到了一首《草虫》，里面说，"未见君子，我心伤悲。亦既见止，亦既觏止，我心则夷"。原来，爱也是两个人相见之后的安宁，是金粉金沙深埋的平静。

謝宣城

1 安得同携手

从前读《红楼梦》，最爱“芦雪庵联诗”那一回，看他一群人热热闹闹，联句，咏诗，制谜，忙迫得好似山间流水，却又无比安闲，晓得自己是在没有尽头的悠悠岁月里，可以中途离开，去栊翠庵不慌不忙地折一枝红梅。

读谢朓的诗，也有这样悠悠岁月的感受。他是浊世贵公子，外边的君臣屠戮铁骑呼啸，到了他这里都有如潮打空城，可以不管不问，“悲莫悲兮生别离，乐莫乐兮新相知”，谢朓的悲欢愁绝，同样只关乎相知和别离，却又不是痛断肝肠的，而是能够呈现出无比平静的姿态，仿佛置身周而复始的时间荒野，一切终有重新来过的那天。

比如《怀故人》：

芳洲有杜若，可以慰佳期。望望忽超远，何由见所思？我行未千里，山川已间之。离居方岁月，故人不在兹。清风动帘夜，孤月照窗时。安得同携手，酌酒赋新诗。

整首诗没有什么生字僻典，颜之推引沈约的话，“文章当从三易：易见事，易识字，易读诵”，谢朓完全契合，难怪沈约那么佩服他，而这样的“三易”，仿佛从胸臆自然流出，如小儿女说平常话，其实却是百炼钢化作绕指柔，是把个人心灵置入《楚辞》和《十九首》作者心灵中间，“不断消灭自己个性”的结果。它产生的效果是奇妙的，那些看似陈旧不堪的言语，被重新组织之后依旧具有不灭的生气，反倒是“清风动帘夜，孤月照窗时”二句，虽然在当时的确属于作者个人崭新的创造，如今看起来却终归略显俗气。

我喜欢反复阅读“安得同携手，酌酒赋新诗”这两句，因为可以想到陶渊明的“安得促席，说彼平生”。前阵子看见一篇怀人文章，把“安得促席”错写成了“安得促膝”，我就在想那被怀念的人是否会从地下跳起来，因为她对文字和空间实在都是敏感的，大概忍受不了膝盖与膝盖的碰触。

想起有一次朋友匆匆忙忙路过此地，约定见面的时间其实就是一起去机场的时间。我也不知道带点什么礼物才好，最终是去食品商店买了袋自己喜欢吃的散装零食，想她在飞机上可以借此打发时间。去机场的磁悬浮开得很快，遂也一路听她飞快地谈论诗歌和彼此都认识的人，又提到当代文艺衰落与否的问题，我说这个问题毫无意义，她说，意义还是有一点的，就是无论什么答案，你自己接下来打算怎么做。到了机场，时间还有一些，我们并排站在门外边抽烟，是冬天的夜晚，风很大，有拖着旅行箱的人流不断从身旁涌过，我又听她在大风里讲单位里好笑的故事，和目前自己的生活。

“酌酒赋新诗”其实只是一场不能企及的梦，就和“说彼平生”一样，因为前面都有“安得”两个字，中国古诗里充满了这样的梦，以至于我们最后都心安理得，认为它绝对不可以实现。

2 澄江静如练

在文字尚且不够丰盛的年代，每一个汉字都曾经是一个小小的生命体，从它们身上，我们的思想和文学得以滋长。回过头来，这些思想和文学又润泽这些汉字，让它们得以逃避被我们遗弃的命运。像树木变成森林，森林又养育其中的树木。每个得以活下来的汉字，就像那些古老的树木，都承担着太多的奥秘。繁体至简体，只是形的变迁，它会丧失掉一些奥秘，但不会全都丢掉。

诗歌其实就是关于文字的奥秘。它唤醒一些文字，同时也唤醒在无知中使用这些文字的我们。

《说文》里有“静”字，段玉裁的注里讲，“采色详审得其宜谓之静。考工记言画缋之事是也。分布五色，疏密有章，则虽绚烂之极，而无淟涊不鲜，是曰静。人心审度得宜，一言一事必求理义之必然，则虽緐劳之极而无纷乱，亦曰静”。这个意思，要比它在现代汉语中的意思丰厚，原来旧时所谓的安静与平静，都要有绚烂和复杂作为底子才好，因为“静”字中尚且还有一个“争”字，它是要在世间的绚烂和复杂中奋力争来的。这当然很难，所以才有“桃花难画，因要画得它静”的讲法，也就好比维特根斯坦面对 G.E. 摩尔孩子般单纯时的不以为然，因为那“不是一个人后天为之拼争的单纯，而是出自先天的免于诱惑”。

《诗经》中也有“静言思之”的句子，讲的也是一个平凡的人如何努力地调伏其心，这样的努力，并不预支一个美好的未来，只教人认清自己的命运，就像观看镜子里的命运，也正是这样的观看，最终让一个人成为诗人。

“澄江静如练”也是如此。

“解道澄江静如练，令人长忆谢玄晖”，因为李白的夸赞，这句五言遂成为谢朓最有名的句子。“静”字古本又作“净”，明清诗话中为这两个字谁是谁非聚讼纷纭，其实已失古意。近世以来，“澄江静如练”或被解释成“江水平静得像白练一样”，或被解释成“江水仿佛一条明净的白绸”，看似分歧丛生，其实都是操持着现代汉语思维来臆测古典文心，把原本“吞吐日月，摘摄星辰”的句子，硬生生糟蹋成小学生初学明喻时的作文。

要明白“澄江静如练”的好处，且不说联系全篇或作者身世，至少，也要把它和上句放在一起才行。“余霞散成绮”，勾勒的原本是一幅动态的场景，“散”是动作，“散成绮”为典型的暗喻，“静如练”作为对句，自当严丝合缝，这一点，深谙声律、于字句千锤百炼的谢朓，如何会搞错？

“静”字如前所述，本是一个颇具动态的词，正与“散”对应；至于“如”字，更不能望文生义成现代汉语中的“如同”，它在《说文》中的本义是“从随”，段注“凡有所往曰如”，恰与上句的“成”字相应；“练”是白色丝绢，与彩色的“绮”相对应，而这白色，不是凭空而来，它由所有可见的光彩汇合而成。

那些真正目睹过江边日落的人知道，越是清澄的江水越会将满天霞光如镜子般反射出来，“分布五色，疏密有章，则虽绚烂之极，而无淟涊不鲜，是曰静”，而那最终静静的能够涵容五色的颜色，是白色。像一切好的诗人那样，谢朓所做的，只是唤醒了那些在字典中日益干涩枯瘦的汉字，叫它们在无限奔腾的江水中复活。如果说“余霞散成绮”堪比人世间可以目睹的绚烂繁华，那么，“澄江静如练”其实只是一种存在于心底的相信，相信存在一个更为阔大圆满的宇宙，在那里，一切都不会被毁灭，一切只是从水面静静消失。

3 别后能相思

谢朓有两首写给江水曹的诗，朋友喜欢其中的《送江水曹还远馆》，“高馆临荒途，清川带长陌。上有流思人，怀旧望归客。塘边草杂红，树际花犹白。日暮有重城，何由尽离席”，说是因为“它平淡，一处地点到另一处跳跃得这样轻快，一个视角到另一个转换得这样自如”，至于我，似乎更喜欢另外一首《与江水曹至滨干戏》，因为它的徘徊不前。

> 山中上芳月，故人清樽赏。远山翠百重，迴流映千丈。花枝聚如雪，芜丝散犹网。别后能相思，何嗟异封壤。

前六句构成六幅画面，两两对应，己与彼，远山与迴流，聚与散，视角反复摇摆，仔细读进去，有点像是一个人静静坐在那里聆听斯坦·盖兹演绎艾灵顿公爵的名曲 *It Don't Mean A Thing, If It Ain't Got That Swing*，身体微微左右晃动，像是轻快的，其实却有些忧郁，如同所有爵士乐都有的忧郁那样，因为并不能真的飞起来。

但我前几天在杭州九溪玩，山里石子路硌脚难行，我的还不到三周岁的小女孩不耐烦走路，对我讲，爸爸，我们一起飞吧，说完就扇动两只小手蹦蹦跳跳地冲到了前面，她就这么带领我们飞了一路。

所以我喜欢“别后能相思”中的“能”这个字，它让前面所有摇摆忧郁的诗意转换成一种真正的轻盈，让相思这件辛苦平常的事情变得焕然一新，变得无比令人期待，它无比纯净简单，就像小孩子的飞翔，是扑闪着双手就可以做到的事情。与之相比，此后王勃脍炙人口的“海内存知己，天涯若比邻”，不过是成年人的强自振作罢了。

至于江水曹，其实就是江祐，《南齐书》里有他的本传。他是后戚出身，明帝时贵为重臣，和谢朓过从甚密大约是早年同在竟陵王幕府之时，日后东昏失德，朝事昏乱，谢朓被构陷下狱至死，却也和江祐有直接关系。沈约《伤谢朓》：“岂言陵霜质，忽随人事往。”历史里的人事，往往与诗歌中不同，在诗歌中，最终留下的总是一些瞬间，而人世间值得珍视的，也不过就是一些瞬间。

4 大江流日夜

谢朓工于发端，“大江流日夜”是其千古名句，但它的好，又并非“清晨登陇首”或“明月照积雪”般的“皆由直寻”，而是自有其千锤百炼的匠心在。子在川上曰：逝者如斯夫，不舍昼夜。面对江水奔腾不息，平常而直截的表达，当是“大江日夜流”，如此或也能成为好句，但却不成其为谢朓。

《管锥编》“庄公六年”一节，谈语言中时间概念与空间概念的相互牵连与转换，相当精彩，“时间体验，难落言诠，故著语每假空间以示之，强将无广袤者说成有幅度，若往年、来年、前朝、后兮、远世、近代之类，莫非以空间概念用于时间关系，各国语文皆然”，又如“无疆”、“往往”，本义都是空间概念，后世全用于时间，浑然不觉。在这一节中，作者亦举了很多后世诗词中“假空间以示时间”的技巧，然而，这样的技巧，可以鉴赏，却不可以效仿，因它已被用惯，失去了最初的新鲜和弹性。

与通常“假空间以示时间”的文法不同，“大江流日夜”的历久弥新，缘自诗人放弃比喻，转而把原本处于不同维度、无法并列的两样东西，即时间和空间，强行并置，让它们相互映照。诺斯洛普·弗莱《伟大的代码》："所有的词语结构都既有倾向集中的也有倾向分散的方面，我们可以把倾向集中的方面称为它们的文学方面。"而能够发明词语结构之间的这种集中倾向的，是诗人。于是，有着明确方向永远不能回头的江水，仿佛就这么自然而然地流进了无尽循环的时间转轮之中，那江水不像要通向海洋，而像要通向鸿蒙初生的宇宙。

这起调寥天孤出，有不知今夕何夕的空茫，但随后的"客心悲未央"，把我们又猛力拉回人世，仿佛见到旧时山水画中那个立在扁舟上的人，芥子般微小，又弥天弥地，是在江水之上漂泊的空间之客，亦是时间的客人。

有一年冬天，我带了本朱维基译的《神曲》回老家看，《神曲》中，"天堂篇"比"地狱篇"更有力量，我也是这次才发现。我在随身的本子上抄了很多其中的句子，比如，"你要闭口不说，让岁月流去"（第九歌）；又比如，"因为我见过玫瑰树，整个冬天 / 满身荆棘，坚硬而不许人触碰，/ 后来却开出朵朵诱人的鲜花”(第十三歌)。与“地狱篇”的凄婉柔情相比,“天堂篇”的基调是简单、庄重、坚定又清晰,某些时候,后者更能够给人以安慰。“大江流日夜,客心悲未央”也是这样,在中国诗中,这样的悲无穷无尽,但在其最好的时候,却不是悲伤和悲哀,而是悲悯的,宛如和神朗然相对。

5 春物方骀荡

外面的雪下得真好看。尤其从我所在的二楼阳台看出去。

看出去其实是一个院子,有一大块草地,前阵子刚刚翻过土,细小的衰草被一律掉转脸庞,俯向泥土,现在还有些湿土未被雪覆盖,所以白一块黑一块。草地边有几棵小香樟,还绿着叶子,同样绿着的还有一株桂树。不过,香樟的常绿和桂树不同,它的叶子并非一直不落,只是要等春天新叶长成之后,才会悄悄掉下,所以给人以错觉。这错觉,隶属于时间,又让我想起博尔赫斯在谈论时间时引用过的话,一颗苹果要么还在树上,要么已经落地,并不存在一个中间状态。如同我们的生活，或者过去，或者还未来临，没有一个纯粹的现在。无数的人、事以及看不见的微粒，在悄无声息地更新我们的身体，就像香樟的树叶。

其实草地的对面还有一棵斜斜的、光秃秃的银杏。小时做植物标本时就爱收集银杏叶，因它的形状特别，几乎永远都不会和其他树叶混淆，又有化石的古意，显得很厉害的样子。我特别喜欢秋日里银杏叶子的颜色，那几乎是一种婴儿般的嫩黄，或者鹅黄。这样的颜色，大多是属于春天的，但银杏就是有力量让暮秋也沾染上赤子的气息。

那院子里的雪还是下着，细密又坚决，只是在快落地时略有惊慌，遂有些许翻腾，也只是瞬间的事。看久了，就如同电影胶片的快速倒带，那雪点竟是可以织成一片幕布的，因为背着街道的缘故，更显得无声无息，犹如默片。这个可以静静承受落雪的院子，是我每次上班时坐在桌前就能够看到的院子。办公室里，爬山虎的落叶把小阳台的门都堵上了，门一开，就会挤进来几片。我也不舍得扫。我记得它们夏天时映绿整个房间的样子，以及秋日里金黄如老虎的样子。

古人也是要上班的。记得朋友文章里写过白居易的《直中书省》,“丝纶阁下文章静，钟鼓楼中刻漏长。独坐黄昏谁是伴，紫薇花对紫薇郎”，她说小时候在《千家诗》里读到，“到现在也还不忘记，觉得很是寂寞”。寂寞和乏味，大约是上班族的常态，不过我在谢朓的诗里面读到另外一首《直中书省》，却是一番华丽明净，我很想背给朋友听，就像我很想把我上班的这个院子也讲给人听。

“朋情以郁陶，春物方骀荡。”在这个落雪的冬日，我开始想念春天。

李太白

1 春日迟迟

对于李白，我有一种复杂的感情。那些在他之前，以及之后的诗人们，我的喜欢与否说到底，都可以判作一种个人的文学趣味，这趣味的深浅好坏只与我个人的程度有关，但李白不同。曾几何时，中国孩子听到和大声诵读的第一首诗，不再是“关关雎鸠，在河之洲”，而是“床前明月光，疑是地上霜”。背负着这样的诗歌记忆长大的中国孩子，也不知道还能持续多少代，但起码，我在他们中间。

因此，李白就不是一个我能心安理得用个人趣味来谈论的诗人，就像对于父母、故乡乃至祖国的情感，那是一切生命的根基，岁月的源泉。

有趣的是，不单是半个多世纪以来的中国人，整个西方世界对于中国诗的认知，几乎也是从李白开始的。在这个过程中，有两本译诗集至关重要，一本是英语诗人庞德的《神州集》，一本则是法国大诗人戈蒂耶之女朱迪特·戈蒂耶的《玉书》。这两本诗集虽都是中国诗歌的综合选译本，却不约而同地均被李白所笼罩，其光明流播，远远超越一般的文学圈子。“在永恒之春的花树下，她正与温文尔雅的李太白从容交谈。”这是朱迪特·戈蒂耶去世后人们的悼词，无论这些译本和真实的李白诗歌之间存在多少的偏差，有一种独独属于李白的春日气息，确是被西方人真实地感受到了。也正由此，古斯塔夫·马勒才会在《大地之歌》里选用那么多李白的诗来谱曲，因为那是最后的马勒期待复活的歌，在另一个春天复活，十个海子全都复活的春天。

无独有偶，民国时候的上海有一本水准颇高的英文学术刊物《天下月刊》，法学家吴经熊曾在上面连载《唐诗四季》，用自然和生命的四季递变，来象征和阐发唐诗不同阶段的特色，其中代表春天的诗人，同样是李白。

“春心荡兮如波，春愁乱兮如雪，兼万情之悲欢，兹一感于芳节。”这是李白描写春天的话，亦是我读到李白时的感受。假如春天当真是开始的季节，那么我们这些现代中国的孩子和西方人一样，是不是都会有意无意间，把李白也视作一次开始，中国诗歌的开始。

假如真的如此，这里面就自然产生了另一个很大的问题：到底是什么意义上的开始？

苏轼《书黄子思诗集后一首》云:“予尝论书，以为钟、王之迹，萧散简远，妙在笔画之外，至唐颜、柳，始集古今笔法而尽发之，极书之变，天下翕然为宗师，而钟、王之法益微。至于诗亦然，苏、李之天成，曹、刘之自得，陶、谢之超然，盖亦至矣，而李太白、杜子美以英玮绝世之姿，凌跨百代，古今诗人尽废，然魏晋以来高风绝尘，亦少衰矣。”苏轼已看到存在着两个世界，他虽站在由李白杜甫开辟的诗歌新世界这边，却也对那个逐渐衰微的旧世界投以深情的一瞥。

经学有古今之争，诗学亦有，苏轼以降，论者不绝，而于李白杜甫之间，又有区别。黄承吉《梦陔堂文集》卷三云:“仆尝谓诗有古情今情之别……太白多得其古，少陵多得其今。”陈廷焯《白雨斋词话》亦云:“《风》《骚》以迄太白，诗之正也，诗之古也;杜陵而后，诗之变也。”朱一新《无邪堂答问》承继东坡所谓的书法与诗学之比照，又更进一步，“诗至杜韩，握拳透爪，实为前此所无。所谓子美集开诗世界也，犹颜柳之书，尽变古人面貌，而至今学书者，莫不由之。古诗比兴居多，自杜韩出，而赋体多于比兴，太白诗犹有汉魏六朝遗意，未可以伶俐少之”。

深入思索众多前贤论述，我们会发现，与其说李白是一个诗歌新世界的开始，不如说他是一座中国诗由古及今的桥梁，所有过往的诗意都汇集在桥的这端，被他巨大的身影挽住且挡住，在桥的那端，未来新世界的人们越从远处回望，越发就只能看到李白为止。然而，倘若一个读者是从《诗经》的源头顺流而下，那么他在遭遇李白时却注定会生出一种若有所失的感慨，春日迟迟，这迟迟的也是他的船桨，因为这位读者知道，接下来他将飞流直下，从一个浑然一体、万物生光辉的古典世界，跃入四季无情的流转。

2 明明如月

在一种宽泛的比喻中，古典世界要么被比喻成童年，要么被比喻成老年，而现代世界总是一个青年的形象。童年和老年的共通之处在于，它们都是自足的，它们的丰盈来源于自身，而青年的同义词是发展和变化，是不断地依赖于他者，攫取或给予，创造或毁坏。这也就是斯威夫特感受到的问题，代表现代世界的小人国里充满了争吵和运动，而象征古典世界的巨人国则是恒久安详的。

每个大作家都致力创造出一个自己的世界，这句话其实只是小人国里的真理。因为整全不会再渴望整全，唯有碎片，总是不断在寻求独特性的过程中寻求整全与归属感。在我看来，李白之前和之后的诗人们，其最大的区别在于，李白之后的诗人们都极其自觉地致力营造各自独特的、或大或小的诗歌世界，但在李白之前的那些诗人们，“苏、李之天成，曹、刘之自得，陶、谢之超然”……我更多地感受到的是他们作为一个人的不同存在，诗歌于他们，并不承担创造与自我确认的责任，他们甚至有力量把拟古和相互仿效当作最自然的诗歌形式。

而李白呢？我在他的诗歌中确实也感受到一个独特世界的存在，但这个世界与其说是小人国里的创造，不如说是自然生成的，带着巨人国的余温。

在一篇写于早春的序文里，他曾有这样的句子，“朗笑明月，时眠落花”，而在我想来，正是这天上地下的两样东西，明月和落花（更确切的是桃花），构成了李白的世界。

明月与李白的关系，其实已经被说得很多了，大概再没有一个诗人，能像他那样周身都浸满了月色，以至于人们愿意相信他的生命最终也是和明月融为一体。以至于我们可以说，中国的月亮，在李白去世之时已不同于他出生之日了。

抛开那些无谓的诗歌分析，我最喜欢的李白，是写下“明月出天山，苍茫云海间”和“罗帏舒卷，似有人开；明月直入，无心可猜”的李白。不是谪仙，也不是狂徒，只是浮花浪蕊般的生命，却能节制并且阔大。这样的生命，有如月亮本身，将过往那么多诗人的烦恼和哀痛统统吸纳，依旧还能投射出沉静、新鲜的光辉。“小时不识月，呼作白玉盘。又疑瑶台镜，飞在白云端。”要知道中国古典世界里的月亮，始终都并非一个值得吟咏的客体，而是一面悬在天空的镜子，收藏着一代代的人们自以为已经失去和毁灭的一切、自以为只存在于愿望中的一切。

“明月照高楼，流光正徘徊”，“明月照积雪，朔风劲且哀”，“海风吹不断，江月照还空”，“夜悬明镜青天上，独照长门宫里人”……每个仰望这面镜子的人，“悬明月以自照”，在那一瞬间，也就得以成为大地、人间乃至自己生活的静观者。那些人世间的已失去和未得到，在这样的月夜，又被统统交还给他们了。不过，此刻，他们已经能够安静地接受，一如接受当歌对酒时，常照金樽里的月光。

进而，那面镜子又并不仅仅悬于天空。谁是心里藏着镜子的人呢？谁肯赤着脚踏过他的一生？这询问来自一位现代的中国诗人，而当我读到这样的句子，心里想到的，就是李白。

3 灼灼其华

“桃之夭夭，灼灼其华，之子于归，宜其室家。”相较于牡丹芍药、梅兰竹菊，桃花可算是最入世的花朵，是村前屋后、平畈远畴上小儿女手边的花，而李白呢，正如李长之所看到的，他也是最入世、最具人间味的诗人。“灞桥风雪中驴子上”并不是他作诗的兴起，他更多的诗，是来自“昨夜梁园雪，弟寒兄不知”的凡俗人情，是小夫贱吏都能感知的家常冷暖，而他的人呢，虽于释道都有亲近，也志在建功立业，但“仙宫两不从，人间久催藏”才是他的本质。终其一生，于高谈阔论、亦仙亦侠之外，每每却总是那些凡妇俗子、儿女情长，给予他最后也最恒久的温暖。他在漂泊金陵期间写过一首《寄东鲁二稚子》，里面他想起自己的一双儿女，以及在家门口的酒楼旁种下的桃花——“娇女字平阳，折花倚桃边。折花不见我，泪下如流泉。小儿名伯禽，与姊亦齐肩。双行桃树下，抚背复谁怜。”这桃花丛中的哀痛，是人世间真实的哀痛，一如他的愉快也是人世间的喜悦与生动。

太白诗作提到桃花处，多以渊明《桃花源记》为背景，这流水深处的桃花源，后人都在寻找，却每每“遂迷不复得路”，因为他们不知道，其实桃花源就是世上人家，但太白知晓这个秘密。村夫汪伦想结识他，以桃花潭相诱，他欣然前往，才知桃花潭只是潭名，并无桃花，他亦不气恼，还留下脍炙人口的七绝诗篇，因为人世间就是这样的端和中有诡谲。

唐朝以道教为国教，而月亮和桃花（桃树）在道教思想中竟都充当着极为关键的角色，这一点，亲受过道箓的李白不可能不知道，但明月与桃花之所以在李白这里相遇，并非单是道教的缘故。

我前面提到过《诗经·周南》里的《桃夭》，这首诗很有名，清人有言此诗“开千古词赋咏美人之祖”，这话多有偏废，却也能看出诗经里的这株桃花在后世的影响。《诗经·陈风》里还有一首《月出》，“月出皎兮，佼人僚兮。舒窈纠兮，劳心悄兮”，不太有名，但对后世诗人亦有大影响，元人陈孚咏李白的诗句可为证明，“三生似结明月缘……起诵国风月出篇”，而明代《焦氏笔乘》里的一段话，可算作这影响的一个总结：“《月出》，见月怀人，能道意中事。太白《送祝八》：若见天涯思故人，浣溪石上窥明月。子美《梦太白》：落月满屋梁，犹疑见颜色……此类甚多，大抵出自《陈风》也。”

桃花与明月，既同为道教的仙宠，又早就在《诗经》里相逢；既都是另一个美好世界的象征（桃花源与嫦娥奔月），又携手扎根于此世最值得珍重的情感。其深沉与丰富、新鲜与明净，凡斯种种，都汇集在李白这里，我不知道还有什么更好的东西能代表中国。

我有一次陪人去豫园玩，在里面的戏台上看到一幅俞振飞写的对联，“天增岁月人增寿，云想衣裳花想容”，大俗大雅，浑然一体，令人想见李白的一生，繁华流荡，好比是小儿女采菱的声色自秋浦深处传来。

4 天地之心

后人公认李白有两种文体写得最好，一是乐府歌行，二是五七言绝。而就音乐性而言，这两种文体在唐人那里又是相通的，如沈德潜所看到的，所谓“绝句，唐乐府也”。

汉魏六朝以来的文人乐府，是一种很奇妙的文体，它形成一个个成熟而永久的母题，并把摹仿当作一种重要的文学经验交付于诗人，以至于诗人的首要任务并不是什么原创，而是理解和认识这先于他就恒久存在的一切，人与事，技艺与情感……至于变化，那不过是之后的一种生命的叠加，如积柴薪，后来居上。李白的乐府诗，胡适称其“集乐府之大成”，不过还是胡震亨《唐音癸签》讲得透彻：“太白于乐府最深，古题无一弗拟。或用其本意，或翻案另出新意。合而若离，离而实合，曲尽拟古之妙。尝谓读太白乐府者有三难：不先明古题辞义原委，不知夺换所自；不参按白身世遭遇之概，不知其因事傅题，借题抒情之本旨；不读尽古人书，精熟《离骚》、选赋及历代诸家诗集，无由得其所伐之材与巧铸灵运之迹。今人但谓李白天才，不知其留意乐府，自有如许功力在，非草草任笔性悬合者，不可不为拈出。”所谓读太白乐府的三难，也正是太白乐府的三味，这三味，处处都基于对过去的理解、认识和彼此生命感受的碰撞。这也似乎就是本雅明所谓“要用引文写一本书”的深意，看似石破天惊，其实只是中国古典诗的常识。

文辞之外，后世乐府在音律上多有偏废，“子建士衡，咸有佳篇，并无诏伶人，故事谢丝管，俗称乖调”（《文心雕龙·乐府》），而太白乐府则上追汉世，虽时有创新，却都仍能协律。李调元《雨村诗话》云：“太白工于乐府，读之奇才绝艳，飘飘如列子御风，使人目眩心惊，而细按之，无不有段落脉理可寻，所以能被之管弦也……王渔洋曾有《声调谱》而李诗居半，可谓知音矣。”前人尝言李白曾以乐府学授人，可见“毋论诗文，皆需学问；空言性情，毕竟小家”。

《古风》其三十五：“大雅思文王，颂声久崩沦。”太白乐府的归属不在《国风》，而在《雅》《颂》，这是他最重要的自我期许。“将复古道，非我而谁？”是其一生大志，但这里的“将复古道”，并非后世明七子意义上的文学复古，也绝非今日喧嚣一时的国学热，那恰恰都是太白所不屑的，是“丑女来效颦，还家惊四邻。寿陵失本步，笑杀邯郸人。一曲斐然子，雕虫丧天真”。太白所谓的复古，是努力回到诗歌的源头，重新理解这个民族最初的诗教和政治自觉。“复，其见天地之心乎”，《周易》复卦的彖辞，大概可以视作太白复古的最好阐释。这天地之心，生生不已，又稍纵即逝，如明月之苍茫，如桃花之烂漫，如一个人需要一生为之奋力拼争的天真。

5 二士共谈

整个二月都在下雨，冷雨不断地把就要来临的春天打回去，春寒料峭，有时比冬天的严寒更令人沮丧。我坐在房间里，会想到年轻时的海明威，这样早春的冷雨，也是巴黎唯一令他觉得悲哀的时刻。他那时待在巴黎一个旅馆顶层小房间里写作，写不下去的时候，就会坐在炉火边，剥个橘子，把橘子皮里的汁水挤在火焰上，看这一来毕毕剥剥窜起的蓝色火焰。然后，他会站在窗前眺望千家万户的屋顶，一面对自己说：“别着急。你以前一直这样写来着，你现在也会写下去的。你只消写出一个真实的句子来就行。写出你心目中最最真实的句子。”

是啊，真实的橘子，真实的句子，它们都毕毕剥剥地引发蓝色的火焰，在火盆上，在稿纸上。我有时写不下去，就会想到这些。

杜甫写给李白的诗里讲，“遇我宿心亲”，这是说遇到一个和自己一般好的人，却不要合二为一，也不要取而代之，你还是你，我还是我，只是心里多了一份没来由的欢喜。

“李供奉、杜拾遗，当时流落俱堪悲”，而自中唐以来，李杜文章，光焰万丈，几近成为中国诗的代名词，进而，对这二人的比较和评断，也成为一代代文人必须要面对的问题。在我看来，这其中的奥秘，并不单归因于这二人诗才的杰出和广大，更重要的，是他们在真实的相遇中构成的关系，犹如梅列日科夫斯基在形容托尔斯泰和陀思妥耶夫斯基的关系时所说的，“像是两块对立竖放的镜子，无限地反射对方、深化着对方”。李杜之于我们，并非赛诗会上两个顶着花环的胜利者，只是两个人执手相见，而整个中国诗的光谱，却就在这样的相见中，在无限的反射和深化中，完整地呈现出来。

因此，比较和评断他们，也就是认识自己在整个光谱中的位置，这样的比较和评断，并不通往孰优孰劣的终极真理，只通向个人身心的安放。这一点，其实很多过去的文人都是懂的，比如王安石好杜而欧阳修好李，苏轼好李而苏辙好杜，但这种出自趣味的喜好，并不会让他们就此贬低另一个。再往后，一些更客观细致的分析，譬如严羽所谓“子美不能为太白之飘逸，太白不能为子美之沉郁”，王士桢所谓“五言律、七言歌行，子美神矣，七言律圣矣；五七言绝，太白神矣，七言歌行圣矣”，刘世敦所谓“陇西趋《风》，襄阳趋《雅》”，与其说是在细辩优劣，不如说是在传递他们对于中国诗的认识。

至于二人之间相互的毁誉，被编排最多的就是杜甫写给李白的那句“何时一樽酒，重与细论文”，有以为杜甫在讥刺李白，也有替杜甫遮挡解脱的，我都只当好玩的八卦看，心里喜欢的是洪迈《容斋随笔》里的光明洒然：“《维摩诘经》言，文殊从佛所将诣维摩文室问疾，菩萨随之者以万亿计，曰：‘二士共谈，必说妙法。’予观杜少陵寄李太白诗云：‘何时一樽酒，重与细论文。’使二公真践此言，时得洒埽撰杖屦于其侧，所谓不二法门，不传之妙，启聪击蒙，出肤寸之泽以润千里者，可胜道哉！”

6 谢家青山

我上初中的时候，我们县城汽车站对面盖起一幢楼，其实只是普通的商品楼房，但朝街楼面上做了一个“两山对峙”的浮雕造型，旁边还有两行字，“天门中断楚江开，碧水东流至此回”。我问了人才知道，原来那从小朗朗上口的诗句，写的就是家门口的景致，自己却“日用而不知”。这拙劣的浮雕给予我一次地理大发现般的惊奇，直到现在，我逢年过节回去，刚下汽车在夜色里一时辨不清方位，还会习惯去找这幢日渐破旧的楼，找到了，也就知道了回家的路。

因此，阅读李白集，于我还有一个私人的喜悦，就是时而能见到故乡的影子。

长江芜湖至南京一段，浩荡东流水忽然北折，犹如自然用蛮力忽然将江水横了过来，加上江心多洲渚，故而水势汹涌，涛声阵阵，是为李白六首《横江词》里吟咏的横江。“横江欲渡风波恶，一水牵愁万里长”，孙权经略吴地，以及项羽自刎，隋师伐陈，甚至解放军渡江战役，要过江不要过江的，肝肠寸断与雄姿英发，都选择在此处做个了断。

而“天门中断楚江开，碧水东流至此回”，则是这段江面平静时的写照。

《望天门山》之外，李白集中另有一首《天门山》，虽可能是伪作，但王琦的注总归是真的。他引《郡国志》，“天门山，亦名蛾眉山，楚获吴艅艎於此。两山相对，时人呼为东梁山、西梁山”，其中提到的西梁山，就在我们县境内，东梁山则属于江对面的当涂县，所谓“楚获吴艅艎於此”，事见《左传》。我家乡所处的江左一带，在春秋时期便是吴楚两国交界之地，伍子胥自楚奔吴，过昭关，一夜白头，那昭关也就在邻县，相距不过数十里。陈衍《石遗室诗话》称赞李白，“诗贵风骨，然亦要有色泽，吴波不动，楚山丛碧，李太白足以当之”，用的是宋人张孝祥《满江红》里的现成词句，而张孝祥正是吾乡人，“吴波不动，楚山丛碧”，是陈衍在李白诗里感受的色泽，也是张孝祥曾眼见到的故乡风致。

李白晚年往来横江两岸山水间，“渡牛渚矶，至姑熟，悦谢家青山，有终焉之志。盘桓利居，竟卒于此”。牛渚约略就是现在的采石，姑熟是当涂的别名，这两处和我们县隔江相望，有李白墓和据说中国最大的李白纪念馆。

然而，以上这些我在李白集里见到的地方，虽眼熟耳熟，也近在咫尺，却都不曾去过。有时想想很奇怪，没有刻意不去，也没有刻意要去，没有恰好的机缘，也没有主动争取过，所谓白头如新，大抵说的也是此般情状。

也会有一点故意不努力要去的心思，唯恐失望，这种失望在别处名胜古迹已感受过，但因为是别处，过后也就忘却，还是剩下美好，但故乡不同，若是失望，将只能剩下沉默。我不知道，这是否接近温克尔曼和布克哈特之于希腊的感情，他们像谈论故乡一样谈论希腊，却都终身没有去过那里。

也许，所谓故乡，不过是同一块空间上的一代代记忆的堆积，就像谢家青山，我们愿意谈论的，不是新添的砖瓦草木，是走过这里和躺在这里的人。

魏武帝

1 但为君故

我有时读古书，觉得言语文字曾经真是有强悍的力量，不像现在。比如田单攻聊城岁余不下，鲁仲连只是写了封信给素不相识的守城燕将，就结束了一切。《史记》里记录的鲁仲连书信绵长华丽，究其要点，不外乎《资治通鉴》引括出的一句话："为公计者，不归燕则归齐。今独守孤城，齐兵日益而燕救不至，将何为乎？"为公计者，这是言语文字能够对他人起作用的前提；将何为乎？言语文字本身其实又是无为的，它只能唤起每个人内心深处的行事原则。所以，我每次读到燕将见书后哭泣三日拔刃自杀，就觉得实在伤感，仿佛自己就立在他不远处，毫无办法地看着他被言语文字的大风一点点从前呼后拥的战场吹回至孤独的自身，在那里，他是无比软弱的，同时又是不可摧毁的。

我因此不太喜欢鲁仲连，他似乎有点滥用了文字的力量，田单随后屠城，文字并没有阻挡住必将到来的杀戮。但他旋即摒弃富贵，逃到远远的海上，从此沉默，教人对他还是生出敬意，比如当魏安釐王批评鲁仲连的遁世是“强作之者，非体自然”的时候，子顺就为之申辩道，“人皆作之。作之不止，乃成君子；作之不变，习与体成，则自然也”。

子顺是孔子的六世孙，“作之不止，乃成君子”，有点接近于子路问成人时孔子的回答，所谓“久要不忘平生之言”。在中国的思想中，一个人并非生来就背负着所谓灵魂不同等级的品性在原地生活，而是能够慢慢地去成为自己想成为的那个人，而言语文字的强悍最终都不是为了影响他人，而是作用于自身。

所以说，读曹操，就是读他写的一篇文章，还有两首诗。

建安十五年，曹操稳住赤壁新败的阵脚，三国格局初定，北方无事，他于春日下求贤令，“今天下得无被褐怀玉而钓于渭滨者乎？又得无有盗嫂受金而未遇无知者乎？二三子其佐我明扬仄陋，唯才是举”，其情怀如求知己，令人兴起。随后又于冬日筑铜雀台，并下令让还三县二万食户，是为《十二月己亥令》。这篇公文自述生平与志向，平实诚挚，剖陈心扉，是少有的好文章，其文字中的谦卑自抑，即便有矫饰，对照其行事，终无大违，远非后世自欺欺人的官样文章可及。文中引乐毅、蒙恬事，曰:“孤每读此二人书，未尝不怆然流涕也。”那些过去人物用一生行事印证过的精神准则，留在文字里，作用于后来人的生命轨迹，如此反复延续，便是中国人的文教。中国人的文教不是典章篇牍里关于历史、文学和哲学的知识，而是一个个活生生的，最终成为了历史、文学乃至哲学本身的人。《十二月己亥令》中有一个曹操期待成为的人，这个人有无名的大志，又时时明瞭自身的限制，是这个人打动了我们。

东汉末年虽是乱世，但司马光说，“自三代之亡，风化之美，未有若东汉之盛”，彼时，外在的社会秩序虽然崩坏，但人心教化的秩序犹在，“忠厚清修之士，岂惟取重于缙绅，亦见慕于众庶；愚鄙污秽之人，岂惟不容于朝廷，亦见弃于乡里”。

“对酒歌，太平时，吏不呼门。王者贤且明，宰相股肱皆忠良。咸礼让，民无所争讼。三年耕，有九年储，仓谷满盈。班白不负戴。雨泽如此，百谷用成。却走马以粪其土田。爵公侯伯子男，咸爱其民。以黜陟幽明。子养有若父与兄。犯礼法，轻重随其刑。路无拾遗之私。囹圄空虚，冬节不断。人耄耋，皆得以寿终。恩德广及草木昆虫。”

《对酒》一诗直追三代，有曹操的古典政治理想在。虽然或许只是精通古学之后的文字套语，但于乱世中序述形容太平景象，即便俗滥，思之每每总令人动容。何况《对酒》中的语词从句法到观念，和现代人隔了好几层，所以今天读起来反有一种神秘的韧性，像一切的咒语，背后都有一个天真光整的旧世界。

更有名的自然是《短歌行》。如果说《对酒》中构筑的是一个言辞中的理想国，那么《短歌行》可以视作一次谈论个人爱欲的会饮。

“爱”这个字，旧写作“愛”，古文中另有几种写法，或从心部，属思想，或从夊部，属践行，均与“忧（憂）”字同源。“明明如月，何时可掇。忧从中来，不可断绝。”在《短歌行》中，乃至在中国的大多数经典中，爱欲的问题并未得到过如古希腊人那般的直接呈现，它往往隐伏在对“忧”的持久表达之中。古诗云，生年不满百，常怀千岁忧。一种能延续千年的忧，自然不单关乎身体之欲，更关乎灵魂之欲。《列子》记载，孔子有一次独处时面带忧色，子贡进去看见了，不敢问，出来告诉颜回，颜回随即援琴而歌，孔子听到后就叫颜回进去，问他为什么一个人在那里开心，颜回反问道："夫子奚独忧？"孔子叫他先回答自己的问题，颜回就说："吾昔闻之夫子曰：'乐天知命故不忧'，回所以乐也。"这便引出孔子一段关于忧乐的言辞："汝徒知乐天知命之无忧，未知乐天知命之有忧之大也。"

他讲，你若是只要解决一身一国的"小我"问题，不忧虽然也难，但完全可以做到；但若要解决的是系乎天下万世的"大我"问题，千难万险，无论如何都难逃一个"忧"字。这样的"忧"无可排遣，也无须排遣，所谓"知命"，就是知道自己要走的这条路上所有必将存在的乐与忧，同时更明白这条路就是自己唯一能够走的路。《说文》云，"忧者，心动也"，这心动，这不可断绝的忧从中来，在积极的意义上，可以与天行健君子以自强不息相通。

"青青子衿，悠悠我心。但为君故，沉吟至今。"在曹操那里，文字尚还无关于经国大业和不朽的盛事，它不过是志之所之罢了。而在中国的思想和文字深处，从来渴求的也不是抽象意义上的善与美，只是某个真实的人，因为人能弘道，非道弘人，于是，在中国的那些最好的诗篇中，对智慧以及一切恒久有价值之物的爱欲，每每悄然转化成对某个真实的人身的爱欲。而这样的一个人，到底是谁呢，我们往往并不能从诗中知道，任何历史的考证也不能帮助我们更多，我们只知道这样的爱欲郑重，郑重到令爱者无时无刻不在省察自己，为了被爱。

这教人又想起罗兰·巴特在他被死亡打断的杰作《小说的准备》中的话，“我写作是为了被爱：被某个人、某个遥远的人所爱”。也许，写作的意义和价值，就取决于这样一个遥远的，看似模糊其实又十分确定的人的存在。写作是为了爱，也是为了被爱，是为了某个已经存在过的人，也是为了令自己成为那个可能出现的人。那曾是最初的写作，也将是最后的写作。

在论及莎士比亚《裘力斯·恺撒》一剧的主角时，阿兰·布鲁姆说：“这个如此漠视传统道德的人并没有堕落到自我放纵的地步，相反甚至拥有某种高贵的魅力。”这高贵的魅力，和诗人有关。

2 何枝可依

在《红楼梦魇》的自序里，张爱玲谈到自小对《红楼梦》和《金瓶梅》的迷恋，那个十来岁的女孩子，捧着厚厚一大册小字石印本，仿佛还坐在那熟悉的房间里。继而她说，“这两部书在我是一切的泉源，尤其《红楼梦》……偶遇拂逆，事无大小，只要‘详’一会《红楼梦》就好了”。我看到这段话的时候非常震动，因为不曾有这样的体验，就像我从小就羡慕爱憎鲜明而强烈的人，也只因为自己并非如此。或许可以安慰自己说，这样类似泉源一般的书至今还没有遇见，就像恋爱失败的人安慰自己说那个最好的人还没有出现，但这样的安慰其实是虚妄，因为假如存在这样的书和人，也一定是从少年时的初心里一点点长成的，而非从外面找到或撞见。说到底，如果没有就是没有，虽然有点惶恐，像一个没有信念的人，但也只好这样。

五十二岁的维特根斯坦说：“像个骑自行车的人，为了不倒下我不停地踩着踏板向前。”一个没有信念的人，在其最好的意义上，也就好像一个骑自行车的人。生活是成问题的，所以会有那么多不停在寻找解决生活问题的人，“绕树三匝，何枝可依”，这是乱世的问题，有些凄惶和严峻，因为关乎身家性命；“天下方太平，荡子何所之”，则是盛世的问题，有些迷惘和不务正业，但同样也是性命攸关，像一个骑自行车的人，随时会倒下。

至于现世是什么样子呢，我也不清楚。有两位我很敬重的学者，各自也都是名满天下著作等身，他们研究领域几乎没有交集，前几年分别出了两本书，书名的意象却惊人地相似，一本叫作“何枝可依”，一本叫“拣尽寒枝”。“惊起却回头，有恨无人省。拣尽寒枝不肯栖，寂寞沙洲冷。”这首《卜算子》常被说成是东坡贬居时写给某个女子的情诗，这种解释，就好比把《短歌行》解释成曹操的招贤令，都似乎明明白白端出了个答案，却从来不去想这答案对己身有无作用。而所谓诗无达诂，也不纯粹就是读者反应的胜利，因为一首好诗在后世寻找和唤起的，那些具体时空里不息的生命激荡，终归有其相似的涟漪。清代阮元有《诗书古义》，近人杨树达有《周易古义》和《老子古义》，都是老老实实搜集古典辞句在彼时彼地被活生生的人们应用和流传的案例，这样的搜集，在我看来，要比抱着《十三经注疏》硬啃更加有益。

《何枝可依》和《拣尽寒枝》都并非他们的代表作，只是读书札记，前者谈史学、考古、战争、革命，后者谈海德格尔、洛维特、施特劳斯、徐梵澄、柏拉图，看起来都是东鳞西爪，忽今忽古，无所归属。在《何枝可依》的自序里，作者最后说："我们不可能回到过去。不仅回不到孔夫子和孙中山的时代，同样也回不到斯大林和毛泽东的时代。路在哪里？我很茫然。一个时代已结束，另一个时代还没开始。"而《拣尽寒枝》的作者在前记里也说道："无论读本科还是念研究生时，我都不大清楚什么书真正值得去细读，即便知道柏拉图、亚里士多德、康德、海德格尔的书值得读，也不知道怎么读……老实说，我一直在不断自个儿摸索什么书值得读以及如何读——而且始终带着一个心愿：想要清楚知道，因现代性而支离破碎的中国学术思想最终在哪里落脚……种种经验和教训，余温犹存。"

我很喜欢这样坦诚的表达。生活都是成问题的，杰出的人也不例外。然而，正如维特根斯坦所言，"正确生活着的人不把问题体验为悲哀，所以，环绕他生活的是一轮明亮的光晕，而不是可疑的背景”。他们并不急于把问题变为答案；相反，那些问题照亮了他们脚下的道路，并慢慢地，消失在身后。

又思及《逍遥游》里的“彼且恶乎待”，以及《中庸》里的“夫焉有所倚”，虽然境界似乎高了一点，但某种程度上都可视作自足的古典心灵对于这个问题的回答，并且都是用对问题的疑问来解消问题，合在一起，就好比自行车飞快旋转着的前轮与后轮。

3 歌以言志

志有三义。《说文》心部段注：“志者，记也，知也。……今人分志向一字，识记一字，知识一字，古只有一字一音。”志向和识记，都好懂，唯有“知识”一词，与现在意思略有差别。《说文》言部段注“识”字：“意与志，志与识，古皆通用，心之所存谓之意，所谓知识者此也。《大学》诚其意即实其识也。”原来，中国古典里所谓“知识”，始终与人息息相关，是懂得辨识一个人内心深藏的想法。

志向关乎政教和未来，如《论语》中颜渊、子路和孔子各言其志，勿论小大，都是怀抱天下；识记与历史、记忆有关，如艺文志、地方志，是这个世界已经发生和存在过的事情；但知识不一样，在古典的语境里，知识是对当下“心之所存”的认识，心之所存，不可能总是冠冕堂皇的志向，也绝非全为铁板钉钉的记忆，很多时候，它是难以启齿的想法，犹豫不定的念头，以及转瞬即逝的幻梦。如果说，志向欲求善，识记指向真，那么，知识，似乎可以看作是对美的体察，因为所谓美，没有高低也无关真假，衡量它的标准，不外乎人心的轻微震动。

曹操有两首《秋胡行》，不大为人提及。治文学史的人偶尔注意到它，多半还是因为吉川幸次郎的《中国诗史》，其中，吉川称赞《秋胡行》为“曹操诗中最美的作品之一”，但具体美在何处，他也并未深谈。

晨上散关山，此道当何难！牛顿不起，车堕谷间。坐磐石之上，弹五弦之琴。作为清角韵，意中迷烦。歌以言志，晨上散关山。

有何三老公，卒来在我旁。负揜被裘，似非恒人。谓卿云何困苦以自怨，徨徨所欲，来到此间？歌以言志，有何三老公。

我居昆仑山，所谓者真人。道深有可得。名山历观，遨游八极，枕石漱流饮泉。沉吟不决，遂上升天。歌以言志，我居昆仑山。

去去不可追，长恨相牵攀。夜夜安得寐，惆怅以自怜。正而不谲，辞赋依因。经传所过，西来所传。歌以言志，去去不可追。(《秋胡行》其一)

倒是陈祚明在《采菽堂古诗选》中，于《秋胡行》下有近四百字的阐发，是其曹操诗评中最为用力的一处，其披文入情，沿波导源，曹操千载之下，竟有知音如斯。

“孟德天分甚高，因缘所至，成此功业。疑畏之念既阻于中怀，性命之理未达于究竟。游仙远想，实系思心。人生本可超然，上智定怀此愿。但沉吟不决，终恋世途。沦陷之端，多因是故。……孟德非不慨然，而位居骑虎，势近黏天。入世出世，不能自割。累形歌咏，并出至情。……会味其旨，总归沉吟不决四言而已。序述回曲，转变反覆，循环不穷。若不究其思端，殊类杂集。引绪观之，一意凄楚，成佳构矣！”

《秋胡行》写于西征张鲁途中，时为建安二十年，曹操六十一岁，天下三分之业已定，西征亦不过是摧枯拉朽。然而，曹操此时此刻，却自有其进退两难、沉吟不决的心事。《秋胡行》的动人之处，是令我们有机会目睹一个君临四方的人如何严峻而直率地省察自己的内心，审视自己的沉吟不决，而他原本绝非优柔寡断之性格，但在这一刻，他面对的不再是生死瞬变的战场，而是个体生命最本真的困惑，即，他最终要成就一个什么样的人，或者说，最终，当“壮盛智慧，殊不再来”，当生命垂垂老去之际，他用什么来安顿自己。

歌以言志。潘雨廷先生论《诗经》：“感情就是一切事情要记住它。”又想起某人写给别人的书法中的句子：“幸甚至哉，歌以言志。魏武帝此言古今诗歌之极则。”一首诗歌的背后，应当有一个人的心事，这心事或大或小，或清明或糊涂，倘若自己能够辨识清楚，甚至再将之记住，并且写成歌，该多么值得庆幸。

古詩十九首

1 行行重行行

行行重行行，与君生别离。相去万余里，各在天一涯。道路阻且长，会面安可知。胡马依北风，越鸟巢南枝。相去日已远，衣带日已缓。浮云蔽白日，游子不顾反。思君令人老，岁月忽已晚。弃捐勿复道，努力加餐饭。

历来说《古诗十九首》（下称《十九首》）的，我喜欢两朱，朱筠河和朱自清，俞平伯也不错，比较不喜欢的是马茂元，因为前三人都是诗人兼学者，能“贯经史，括情事”，后一人只是有时代局限性的学者，而且还以方便的名义打乱十九首的次序，胆子之大，前无古人。

《十九首》出自《文选》，日后各家但凡把《十九首》当作一个整体来谈论的，都按照《文选》的次序。《玉台新咏》次序虽不同，并不能作为可以随意编排的前例，因为《玉台新咏》并没有把《十九首》当作一个整体来看，有多首是归在枚乘的名下，自然谈不上次序。

我这么说，也不是要像一些人那样，非得把《十九首》当作有着内在严密逻辑次序的组诗。我只是很素朴地以为,《十九首》的成形有点近似《诗经》，里面各首未必有次序上的讲究，但第一首的编排一定有其深意。要懂《诗经》，先要去读《关雎》，同样，要明白《十九首》，最好还是老实按照《文选》的次序，从《行行重行行》开始。

“行行重行行，与君生别离。”离，是这首诗的主旨,《文心雕龙·隐秀》里有“古诗之‘离别’”句，江文通拟古有“古离别”一首，都是径直用“离别”二字代指这首诗；离，也是十九首古诗共同的兴起，朱筲河讲，“十九首无题诗也，从何说起？盖人情之不能已者，莫如别离”。联想起《周易》里亦有离卦，在上经最末，似可以视作是承上启下，由天地转向人伦的一卦。和“三百篇”相比,《十九首》无关治乱，只是人伦。而大凡人与人之间的情感，千头万绪，明明暗暗，都要等到“与君生别离”之后才能慢慢清朗起来。

“相去万余里，各在天一涯”。有两种意义的离开，最简单的，就是空间上的离开，“各在天一涯”。

这个“各”字很好，是在说一个人的孤单，又在说，其实还有一个人，可以与鲍照“两相思，两不知”句对读，那里明明在说两个人，可透过字句的却是一个人的寂寞。

“道路阻且长，会面安可知。”这句诗各家注解，都会引《诗经》“溯洄从之，道阻且长”一句，但我觉得不如引《白云谣》更透彻。“白云在天，山陵自出。道里悠远，山川间之。将子无死，尚复能来？”周穆天子驾车西游，与西王母相会于瑶池之上，酒意阑珊，她明白他是要走的，就唱了这样一首悲伤的歌。“道里悠远”是遥远，“山川间之”是阻隔，正可以作“道路阻且长”的注疏；“将子不死，尚复能来？”正是“会面安可知”的意思，都是用疑问的方式，来遮掩内心的洞明，因为若要真的想再见面，万里山河又怎么会是问题，但就是不捅破，不逼迫，而是转过身来替对方找借口，这大概就是中国人的温厚与深情。

“胡马依北风，越鸟巢南枝。”这两句突然而来，飘然又止，遂成为这首诗的标志性符号。后人拟这首诗，前后变化尽可自由，这第七、八句，一定是要亦步亦趋，如士衡“王鲔怀河岫，晨风思北林”，休玄

“寒蛩翔水曲，秋兔依山基”。至于这两句的意思，一直也解释纷纭，但我以为，其实这两句如何细解都无关紧要，因它的效用在于产生一个停顿，犹如蒙太奇的镜头。《金锁记》里，“七巧双手按住了镜子。镜子里反映着的翠竹帘子和一副金绿山水屏条依旧在风中来回荡漾着，望久了，便有一种晕船的感觉。再定睛看时，翠竹帘子已经褪了色，金绿山水换了一张她丈夫的遗像，镜子里的人也老了十年”，而这“胡马依北风，越鸟巢南枝”，就是镜子里的翠竹帘子和金绿山水，承载着时光无声的流逝。

“相去日已远，衣带日已缓。”这是一首有时间跨度的诗，七、八句前是回忆，是分别的年少，七、八句后是现在，镜中人醒来，定睛看时，已经是“衣带日已缓”的中年。之前的“相去万余里”，是空间意义上的分离，是显教，这里的“相去日已远”，是时间意义上的分离，是密教。关山易渡，银河难越。“相去……相去”，犹如一部协奏曲里的第一主题，前后激荡变化，低徊不已；“日已……日已”，是变奏出的第二主题，一江春水，总归还要向东流去。

“浮云蔽白日，游子不顾反。”这两句前人解释颇细，兹不复赘，方东树以为与杜甫“在山泉水清，出山泉水浊”用意仿佛，都是诗人的温婉和宽厚。《淮南子·缪称训》里讲，“使人信己者易，蒙衣自信者难”，同样，宽慰别人是很容易的事情，难的是宽慰自己，更难的，是通过宽慰自己的方式来宽慰别人。

“思君令人老，岁月忽已晚。”思君，是有情，李贺《金铜仙人辞汉歌》讲“天若有情天亦老”，又何况凡夫俗子。人生有情，所以“维忧用老”；草木无知，才总能“青青如许”。不过，倘若一个人的思绪里只有忧愁，大概是捱不到老年的，实际上那思妇的生活，喜怒哀乐，虑叹慹变，姚佚启态，是诸般的人生情味日夜相代，循环往复，不知不觉，陡然警心，这才有“岁月忽已晚”的惊惶。“忽已”，又是上文“日已……日已”的再度变奏，这里反复出现的三个“已”字，就好比马勒第六交响曲末章的三记重锤，是多么残酷的命运。

“弃捐勿复道，努力加餐饭。”在马勒那里，英雄经历了三次打击，最后像大树一样被砍倒在地。而古诗里的思妇，如委弃在地面的野草，根本不深，花叶不美，却有着柔韧的生命。这两句因为没有主语宾语，一直有两说，一说是思妇弃捐相思，用“加餐饭”来自勉；一说是思妇自伤被弃捐，不愿再多说，却仍慰勉那游子要保重身体。这两说，大相径庭，却都能讲得通，但正如朱自清所指出的，“强饭”和“加餐”是汉代通行的慰勉别人的话语，所以后一说当是诗人的本意，更见深情，也要难很多。至于陆机拟作“去去遗情累，安处抚清琴”，持前一说的人常以此作为“思妇自勉”的证据，殊不知，这正是《史通》里所谓拟古之作的“貌同而心异”，或许也是六朝人不及汉人的地方。

2 青青河畔草

> 青青河畔草，郁郁园中柳。盈盈楼上女，皎皎当窗牖。娥娥红粉妆，纤纤出素手。昔为倡家女，今为荡子妇。荡子行不归，空床难独守。

这首诗常被人称赞的，是前六句叠字的连用。后世文人诗词连用叠字，有韩愈《南山》的逞怪披奇，李清照《声声慢》的一往而深，但能用得像《青青河畔草》这么坦然与自然的，仍要在民歌小调里才寻得到，如汉乐府里的《江南》，又如敦煌曲子词有一首《菩萨蛮》："霏霏点点回塘雨，双双只只鸳鸯语。灼灼野花香，依依金柳黄。盈盈江上女，两两溪边舞。皎皎绮罗光，轻轻云粉妆。"几乎就从本诗化出，虽只剩下了一片春日洒然。

说剩下，是因为在《青青河畔草》里，不只有个春天，还有一个被春天惊动的人。前六句叠字的美，是大自然不管不顾的烂漫，它很好，却也像每个很好的日子一般，轻易就从人生里滑过了，但平平道出的末四句，是一个人看着另一个人在春天走近又离开，而她的春天就从此空荡出一块，因为残破，只好记得。

只是，一句"空床难独守"，有如十日并出，把世界照得一片惨白，无可名状。于是，在后世就引发了两种好玩的情状，一是学者戴上有色眼镜式地做加法，一是文人后羿射日般地做减法。

先看学者的加法。简而言之，关于这句诗可罗列如下几种解释：曰刺诗，刺不能守节的官吏、不能安贫的士人；曰伤诗，伤君子的委身失所、乱世的身不由己；曰诫诗，诫那些不归的荡子、无德的君王；曰淫诗，是儒家的以儆效尤；曰怨诗，是民间的坦荡直白。

再说文人的减法。陆机《拟青青河畔草》的“空房来悲风，中夜起叹息”，这是悲；鲍令晖《拟青青河畔草》的“人生谁不别，恨君早从戎”，这是恨。还有两首诗虽谈不上完全的拟作，也均从此诗化出。一是曹植的《七哀》，“明月照高楼，流光正徘徊。上有愁思妇，悲叹有余哀”，这是哀；一是王昌龄的《春闺》，“闺中少妇不知愁，春日凝妆上翠楼。忽见陌头杨柳色，悔教夫婿觅封侯”，这是悔。悲，恨，哀，悔，这些面目清晰的情感，哪一种才更切近原诗呢，我不知道，“荡子行不归，空床难独守”，那里原本只有一个“难”字。

这个“难”字是什么意思呢？至道无难，唯嫌拣择。但平凡的人世离至道很远，每每就是要拣择，可以南可以北，可以黄可以黑，拣择来拣择去，拿不起放不下，但这不是贪心，就是人道。天地不拣择，所以天地不仁，“日月常开花常新”；人世要拣择，所以人生实难，“完全幻灭了之后也还有点什么东西在”。

也因为还有一点东西在，所以这个难呢，其实又是人世的好。所以要说“难得难得”呢。那些假使还要生活下去的人，需要的只是再多一丁点诚与真。但也只是诚实地面对自己真实的境遇罢了，不悲不恨，不哀不悔，让肉中刺成为肉中刺，就可以了，并不真的要遇佛杀佛，只是自己走出生路，并不要踏过他人的血路。因此，那个倚楼的少妇，我们并不知道她脚步最终的去向。“空床难独守”，她在绣楼且抛下这艰难，看后世的我们一一路过，如何各自拾起。

3 青青陵上柏

青青陵上柏，磊磊涧中石。人生天地间，忽如远行客。斗酒相娱乐，聊厚不为薄。驱车策驽马，游戏宛与洛。洛中何郁郁，冠带自相索。长衢罗夹巷，王侯多第宅。两宫遥相望，双阙百余尺。极宴娱心意，戚戚何所迫。

这首诗粗看下来，并不能令现在的人有太多触动，因为其中的一些意思，正如方东树所讲的，虽

“极其笔力，写到至足处”，“然今日已成陈言，后人多拟学之，无谓也”。这样的境遇又不限于《十九首》，“李杜文章万古传，至今已觉不新鲜”，无论历史上出现过多么动人的诗篇，它若还能被今天的人深入谈论，一定具备三种素质：简洁；蕴藏一些恒久的价值；自身能够随时代变化。这三者，可以和《易》之三义相通，因为一副卦其实就是一首诗。

对一首诗而言，简洁和恒久的价值，好理解；自身随时代变化，似乎玄了一点，但或者可以换种说法，即一首好诗应当是丰富的，有如经年的植物，一些字词和句子在腐烂，却有另一些花枝暗暗新生，在不同的时代得以开出不同的花来。

李白有一篇《春夜宴桃李园序》：“夫天地者，万物之逆旅；光阴者，百代之过客。而浮生若梦，为欢几何？古人秉烛夜游，良有以也。”诸如这般“人生如过客，行乐需及时”的意思，可以视作《青青陵上柏》开出的最具影响力的花，此类诗作历代不计其数，今日皆为陈言，然而，若是拨开那些枯枝败叶，仔细打量原诗，“人生天地间，忽如远行客”，自有其字字千金之处，后世单单在“客”字上流连反复，原诗的惊心动魄，也就慢慢消殆无形了。

忽，是倏忽的意思，一眨眼就过去了，甚至在心里都没有留下印迹。曹植《薤露》中“人居一世间，忽若风吹尘”，也是这个意思的延续，但关于人的前提境遇又有变化，“人生天地间”缩小成“人居一世间”，生于天地大块中的人遂变成了居于某个具体时空社会里的人，因此曹植随后会有“愿得展功勋，输力于明君”的希望，种种慷慨，都还是对于此世的执着纠缠。

远，是个体有限人生里的渐行渐远，也是一个无限时空范围内的路漫漫其修远兮。忽和远之间，又构成一种张力，在认识到人生飘忽即没的短暂脆弱之后，能知远，才能既不执迷，又不堕虚无。

行，是《齐物论》所谓“道行之而成”的行，知远之后，世上的路，依然还是从每个贴紧生命的最近处，一步步走出来的；也是乾卦象辞所谓“天行健，君子以自强不息”的行。

藤泽秀行先生去世之后，我在网上看他的自传，里面有一句话，让我深为感动，他说：“我觉得我真正厉害起来，是在五十岁以后。就是体力衰弱了的现在，也能战胜 1963、1964 年的我。”据孔祥明回忆，秀行先生即便在 70 岁之后，依然研究不辍，兴致中来，依旧会在半夜给一些棋手打电话，讨论当天某盘对局的变化。任他怎么贪酒好赌，放荡不羁，债病缠身，那不过是过客般的人生乐于承受的一部分，在一生悬命的事业上，他始终走在一条向上的路上，无愧于“秀行”这个他年轻时擅自改取的名字。而所谓“天行健，君子以自强不息”，中国儒家传统里常举文王“不遑暇食”和孔子“终日不食，终日不寝”作例，虽然很好，但若仅此而已，我总觉得太苦了一些，反倒不如秀行先生这样的例子，把这种向上的生气融进一生遭遇的华丽和黑暗中，无将与迎，似乎更近于自然一点。说起来，《青青陵上柏》一诗大概也是这样的意思。

40 年代末日本战败后，百业凋敝，但围棋书却有很大的需求量，秀行先生在自传里提到，一个棋手当时若是写一本棋书，大致可以赚回全家人半年的生活费。我的棋很差，大学时才开始接触。记得那个工科院校的图书馆里藏书很少，但老旧的围棋书却颇有一些，都是黄皮纸包的书皮，其貌不扬的薄薄小册子，作者多半竟都是日本九段高手。现在想来，其中也应该有秀行先生为养家糊口而写的书。相较现在流行的中韩棋手的棋书和对局，我更怀念大学图书馆里的那些日本九段的棋书，当时我经常抱一堆回宿舍，躺在床上就当文学书一样地翻看，因为那里面不单有棋，还有各自的人生。而年轻时的秀行先生呢，为了增长棋力，竟也有过一段如饥似渴阅读中国古诗的阶段。

4 今日良宴会

> 今日良宴会，欢乐难具陈。弹筝奋逸响，新声妙入神。令德唱高言，识曲听其真。齐心同所愿，含意俱未申。人生寄一世，奄忽若飙尘。何不策高足，先据要路津。无为守贫贱，坎坷常苦辛。

这是一首难解的诗。我说的解诗，不是要做庖丁，支解一首作为客体对象的诗，而是试图追索自身何以会被一首诗打动，并尝试理解它。《易经》云，天地解而雷雨作，雷雨作而百果草木皆甲坼。一首诗在我们内心亦可引发如是的震动，在这样的震动中，一些自以为是的坚壳悄然解体，而幽闭的百果草木也都生根发芽了。

“今日良宴会，欢乐难具陈。”首二句就已经定下了全诗略显暧昧的基调。“难具陈”，是因为那宴会上的欢乐不单关乎物质吗？在莱辛《恩斯特与法尔克》的第四篇谈话末尾，那位年轻的共济会员答应留下来吃晚餐，他说：“我大概不得不留下来了，因为，我渴望双重的满足。”但凡一场“良宴会”，令人期待的就是这种“双重的满足”，饮食与交谈，口腹之欲和思想交流，精神满足与物质满足，从来都相濡以沫。我们都憧憬柏拉图记录的雅典人的会饮，那似乎是这种“双重满足”的典范，但阿兰·布鲁姆告诉我们，那场宴会恰恰发生在一场摧毁性的战争期间，当时的雅典已经注定要陷落了，但“这些学者并没有陷于文化的绝望，他们纵情于对自然的欢乐恰恰证明了人类最优秀的生存能力，证明了人独立于命运的驱使，不屈从于环境的胁迫”。《十九首》多写于东汉末年，也是礼崩乐坏的乱世，但在我想来，那些不知名的汉代的会饮者，亦有不亚于古希腊人那般的风度。

诗人可以尽力使用文字，铺陈食物的丰富、食器的精美，甚至弹筝人的姿态，但我们依旧不能感受到他所感受的全部欢乐。这是文字的局限，一切文学都在努力抗击这样的局限，但反过来，当诗人意识到文字的局限，放弃这种抗击，承认表达的艰难，“欢乐难具陈”，当他清清淡淡说出这样诚实的话，我们距离他内心的欢乐却又近了一步。

这是一场有音乐和歌声介入的宴会。对于今天的很多人，音乐早已和宴会脱离关系，我们会专门去KTV 唱歌，或者去剧院听歌，但作为会饮一部分的音乐已悄然从酒席间撤退，淡化成背景音乐，朋友们聚在一起吃饭，能够佐餐的大概只有言谈。所以，有时候我会怀念做学生的时候，一帮半生不熟的人聚在一起吃饭，为促进交流，总会有人提议轮流表演节目，于是，“四座且莫喧，愿听歌一言”。唱得好坏其实并不重要，重要的是这些音乐发自于我们真实的身体，“闻其声而知其风，察其风而知其志，观其志而知其德”。可惜的是，这个道理我也是如今才懂，当时每逢这个状况，总是纠结于自己的五音不全而不可自拔。

“令德唱高言，识曲听其真。”令德，是能者，推到极致就是圣人。“圣”字，繁体作“聖”，古时与“聽”（听）字相通（说见林义光《文源》）。而所谓最高程度的真理，都不是眼睛见到，是耳朵听到。先秦文献里常有“人亦有言”的说法，即我听到有人这么口耳相传，但我却信任它，超过对自己其他感官的信任。摩西传下十诫，亦是从西奈山上听到神的声音。

但那些围坐在一起的会饮者们，需要听到的真，是什么呢？“齐心同所愿，含意俱未申”，诗人唠唠叨叨半天，不惜犯重，竟还没有说明，但黄侃却对这十个字大加赞赏：“齐心同所愿，含意俱未申，此可为《十九首》之总赞，所以历千古而光景常新也。”这该怎么说呢，我想，是不是好比年轻时候第一次恋爱，那种吞吞吐吐、颠三倒四、欲言又止的神情，努力地搜肠刮肚，寻找措辞，还以为自己正要说的，是对方一直蒙在鼓里的秘密，其实呢，对面的那个人或者也正和自己一般地慌乱，两个人什么都没说，却什么都晓得了，很多年后，当时说的话全然忘记，那时那刻的情状却历历如新。后世有梅尧臣所谓“状难写之景，如在目前；含不尽之意，见于言外”的意境，和“齐心同所愿，含意俱未申”虽有点像，但骨子里已经是情场老手的做派了。

凡是美好的会饮，都只能在朋友之间才会发生。看电影《夜宴》的时候，最意外的是遇见《越人歌》，拥楫而歌的古越人诡异地复活为气短情长的现代女子，流血漂橹也是意料中事。朋友老陈给这首歌重新谱过曲，并指出，这首歌原不是男女情歌，是打渔的男子唱给泛舟的男子听的。这倒让人想起莎士比亚十四行诗的第116首:“我绝不承认两颗真心的结合/会有任何障碍”，虽常被恋爱的男女引用，但学者们都否认这首诗是谈论男女爱情，强调莎士比亚写的是友爱。是的，友爱。按照柏拉图的说法，人与人之间最自主完满的关系，是朋友之间的真正友情，这友情建立在对于善的共同思索上。

“人生寄一世”以下六句，似乎可视作这种“对于善的思索”的外在表达，和孔子所谓“富而可求也，虽执鞭之士，吾亦为之”，有相通之处。人生苦短，急求功名富贵，勿守贫贱苦辛，这样直白浅露的功利表达，似乎不是我们所期待。反躬自问，我们尽可以对自己有种种严格的要求，但对于身边的朋友，是不是都会作种种现世的关怀，希望其尽可能拥有并非贫贱苦辛的生活？再完善的道德律，都只能用来正己，用来要求旁人，就会出问题。宴会中的歌，是唱给众人听的，不能不有所注意。因此，这六句“高言”，不是愤激的反语，也并非毫无遮掩的坦荡，它说的是实话，但只是一部分实话。通过这样的诚实，一些秘密得以保存，潜藏于“识曲者”的心中，作为友情的根基。

5 西北有高楼

> 西北有高楼，上与浮云齐。交疏结绮窗，阿阁三重阶。上有弦歌声，音响一何悲。谁能为此曲，无乃杞梁妻。清商随风发，中曲正徘徊。一弹再三叹，慷慨有余哀。不惜歌者苦，但伤知音稀。愿为双鸣鹤，奋翅起高飞。

少时爱读岳武穆，“欲将心事付瑶琴，知音少，弦断有谁听”。少年人都是歌者，没有瑶琴也要抱把吉他，在夜深后的水房里低低拨弄，却希望全世界都能竖起耳朵来听。然而，吉他少年虽被“弦断有谁听”的古老询问打动，其实也只是被自己打动，并不能懂得岳武穆的心事，他还要经过一些岁月，才能慢慢转身，学着自己做一个合格的听者。

“西北有高楼，上与浮云齐。”这是何等超凡拔俗。“交疏结绮窗，阿阁三重阶。”这又是何等细密踏实。让一个人仰头看云很容易，浮云变幻不过亦是自己的变幻，但若要他在云间窥测到坚实的楼宇，以及坚实的窗棂和阶石，这就需要一种锐利的目力。而他一旦可以这样努力眺望一些在自己之上的事物，即便不再是少年，也能依旧拥有一种蓬勃向上的生气。

“上有弦歌声，音响一何悲。”弦歌声，意味着有真实的人的存在。要懂得一个人，前提是要懂得这个人身处的境遇，这首诗的前四句即这位歌者生命境遇的写照，既是一种修辞手法上的烘托，也可视作诗人目力的极限。在眼睛看不到的地方，耳朵开始飞翔。在懂得一个人的境遇之后，要深入地理解他，唯一的方式，是细细聆听。“操千曲而后晓声，观千剑而后识器。”一个人能够听到什么，或者说有力量听到什么，其实又全和自己有关。

无论前面有多少铺陈，“慷慨有余哀”，这简单的五个字，是诗人听到的弦歌深处的声音。这句我很喜欢的诗，还出现在另一首据说是伪作的苏武赠李陵诗里，“请为游子吟，泠泠一何悲。丝竹厉清声，慷慨有余哀。长歌正激烈，中心怆以摧。欲展清商曲，念子不能归。俯仰内伤心，泪下不可挥”。抛开有关真伪的聚讼，纯粹比较一下这两首诗，会发现意境非常相似，唯一的不同，也是最重要的不同，在于叙述语气的转换，《西北有高楼》是听者的揣想，苏武诗却是歌者的自陈。

不要小瞧这样的语气转换，这首苏武诗即便是后人拟作，也正像东坡所指出的，“然固非曹、刘以下之人所能办也”。倘若如此，在我想来，这首苏武诗或可视为后世歌者对前代知音者的致意和安慰，而一首动人的歌，一种“慷慨有余哀”的汉人风韵，就在这样的歌者到听者再到歌者的交错转换中，被传递了下来。

“不惜歌者苦，但伤知音稀。”这句话是千古同慨。一方面，一个人总要不停地往上走，但越往上走，能够交流的人就越少，到了“上与浮云齐”的高度，周围几乎举目无亲。这时候，由于“向上的路和向下的路是同一条路”，因此，反倒是在最低最低的民间大地上，有可能存在知音。比如九江浔阳江头的秋夜里，那个弹琵琶的女子就听懂了白居易，“感我此言良久立，却坐促弦弦转急。凄凄不似向前声”，借助音乐，千差万别的见识流转成恒久相通的情意，江州司马和长安倡女，在这交错的瞬间即有彼此知音的幸运。又比如孔子在卫国击磬，荷蒉的隐者经过，就听出他有无法与外人道的心事：“有心哉，击磬乎！既而曰：鄙哉，硁硁乎！莫己知也，斯已而已矣！‘深则厉，浅则揭。’”荷蒉者的反应，看似并不完全体贴，但所谓知音，未必同道，对于孔子，能听到这样的回音，已经是绝大的安慰。

另一方面，知音难遇，深识难逢。歌者的寂寞虽深重，但他的期待是发散的，可以指向一个超越他个人生命的、更长久的时空，遥想千载之下或有知己者。这种永远存在的可能性，也是一种很好的安慰。但对于一个被深深打动的听者，他的期待是单一的，只聚在那一个撼动他心弦的人身上。那个人假若已是古人，那也无可奈何；而那个人假若有幸与自己同时代，一定希望能够见到才好。秦始皇之于韩非，汉武帝之于相如，都有“恨不同时”的慨叹，诗云：“亦既见止，亦既遘止，我心则说。”

在《西北有高楼》一诗里，来自歌者和听者两方面的、虽极险绝却有可能存在的沟通之路，都被切断了。那个至高处的歌者和至低处的听者，虽有知音的可能，彼此却完全没有交错的机会。歌者不知道有诗人这么个知音，而诗人的这种知道，也无法传递给歌者。

“愿为双鸣鹤，奋翅起高飞。”鸟飞为“不”，这是一个象形的抗议，抗议一切有价值的歌唱和聆听都得不到应有的回应，但这抗议并不迫人闭目塞听，而是依旧保持向上的姿态。你看，双鸣鹤，一个真正的听者，其实一直也是有能力歌唱的。

6 涉江采芙蓉

涉江采芙蓉，兰泽多芳草。采之欲遗谁，所思在远道。还顾望旧乡，长路漫浩浩。同心而离居，忧伤以终老。

“古人文章之转折最应讲究，第在魏晋前后其法即不相同。大抵魏晋以后之文，只两段相接处皆有转折之迹可寻，而汉人之文，不论有韵无韵，皆能转折自然，不着痕迹。”这是刘师培《汉魏六朝专家文研究》中的话，这样细心的析断，我很喜欢。读古典文学，我觉得最不好的就是把先秦汉魏六朝唐宋元明清都读成一锅粥，我不知道最好的读法是什么，但起码要能像刘师培这样，认识到文章流变以及与时代之间的关系。

汉人文章，无需“既而”、“若夫”之类的虚字浮词，“虽叙两事而文笔可相勾连，不分段落而界划不至漫灭”，刘师培这么一说，也让我忽然意识到，其实在汉人那里，这样的转折无痕，又不限于文章。

《涉江采芙蓉》一诗，是《十九首》里最短的一篇，章法也简单直落，唯一的波峭，是其中“还顾望旧乡，长路漫浩浩”两句。这两句用俞平伯的话来讲，“若是作为夹文，或者径用括弧线示之，便清楚了，只是没有什么意思”。不过，“文字固必求清楚，然太清楚了也不好，文字固当有层次，然亦不必真去分段落”，俞平伯的这句话，竟像是对刘师培的应和。

因为不必太清楚，自然也就免不了歧解，因此，如何理解这首诗，也就落在了如何理解这两句上。历来有一种意见，认为这首诗是居家的女子思念行路的丈夫，“还顾”两句，则是居者从对面揣想行者的心意。这么解，当然也能讲得通，并且似乎也能在前代诗歌里找到例证，譬如《诗经·卷耳》，“采采卷耳，不盈顷筐”和“我故酌彼金罍，维以不永怀”，在有些论者看来，似乎也存在一个类似的换位揣想。然而，我还是赞成朱自清的意见，这样解“似乎太曲折了些”，“这样曲折的组织，唐宋诗里也只偶见（譬如杜甫的‘今夜鄜州月，闺中只独看。遥怜小儿女，未解忆长安’），古诗里是不会有的”。

为什么古诗里不会有这样的曲折？这是一个值得深思的问题。好几年前，一个朋友曾对我说：“人的情感是简单的，只有那么几种，而在创作的时候坚持简单则可以把作品引领到一个非常珍贵的高度，繁复只能在过多的技术枝节上消解力量。”我当时对此还有所保留，现在回想起来，诸如《十九首》这样的作品，之所以达到了一个珍贵的高度，也就在于其中的简单吧。

而这样的简单，却有力量引发我们心中最丰富的感受，反过来，近体诗词里多少的苦心经营，只是让我们轻声赞叹一下罢了。

但是，很多人之所以要认定这首诗里有所谓人称转换这样的曲折组织，前提是他们认定，虽然“还顾望旧乡”的为行路之人，但“涉江采芙蓉”的却一定是居家的女子，这其实也有他们自认为牢不可破的依据。“江南可采莲，莲叶何田田”，江南自古有女子划船采莲的习俗，且芙蓉与夫容谐音，采芙蓉即暗藏思念夫君之意，晋宋乐府，咏此事极多，流风泽被，遂成为六朝乃至隋唐文人习见的作诗题材。上世纪20年代徐中舒作《〈古诗十九首〉考》，搏得大名。其中谈到《涉江采芙蓉》，徐中舒正是以晋宋乐府中相近题材为例证，断定这首诗绝非汉魏人作，而是晋宋时常见的廋词即隐语诗罢了。

不过，徐中舒的观点却遭到了俞平伯的痛斥。“此诗全乎其为《楚辞》，近人引晋宋乐府以为廋词，则尤谬（徐中舒《古诗考》）。”这里面，涉及到两种读古诗的方法。我们倘若承认文学是一条绵延于时间中的长河，那么对于这条长河中任何一处的水文，我们通常有两种方式接近它，一种是从入海口溯流而上，以今视古，譬如考察过南京段长江水的构成，便料想武汉段长江水大体也不过如此，徐中舒考证《涉江采芙蓉》就有点类似这种思路，后来叶嘉莹论汉魏六朝诗，每每以晚唐南宋词作为注解和例证，也是同理；另一种呢，则是先探本源，寻源以竟流，要知道武汉段的水文，至少要先明白重庆至宜昌段的状况才是，既而要明白武汉当地的状况，最后，再参考南京段水文，分析其趋势所向。刘师培和俞平伯，基本取的都是这种路数。

至于这两种方法的优劣难易，俞平伯有一段话，我觉得说得很好，"你想从《十九首》去懂得《风》《骚》，那是不大容易的事，你必得先耐烦读了《诗经》、《楚辞》，然后接下去再读《十九首》，哪怕《诗经》、《楚辞》还不大懂，《十九首》却会迎刃而解的"。

现代论者当然可以强调读者反应的自由，但同时也一定要明白，若想真正接近那些古典的心性，这样的自由理解全然无用。谢灵运《道路忆山中》："采菱调宜急，江南歌不缓。楚人心昔绝，越客肠今断。”《文选》李善注以乐府江南采莲释之，我就有些疑惑，倘若如此，这个“调亦急”和“歌不缓”从何说起，直到读到黄节的批评，“魂兮归来哀江南。此诗采菱江南本此。善注以乐府江南采莲释之，非是”，有了楚辞《招魂》作为背景，方才觉得离谢灵运当时的心境更近了一层。

从晋宋乐府去看采芙蓉或采菱，那都是女儿家的繁华流荡，而从《楚辞》的角度去看，就是逐臣君子的肝肠寸断了。《十九首》的好处之一，正在于它是站在过去和未来之间的，承前启后，让深者得其深，浅者得其浅。“还顾望旧乡，长路漫浩浩”，这是荡子不经意间的一次转身，同时，也可以视作诗人对过去时代的一次深情回望。这个瞬间的姿态，构成了此诗不着痕迹的转折，而并非刻意经营的曲折。不过，诗人也并不想做逆流而上的现代英雄，“同心而离居，忧伤以终老”，他懂得尊重命运的安排，和流水的方向。

7 迢迢牵牛星

迢迢牵牛星，皎皎河汉女。纤纤擢素手，札札弄机杼。终日不成章，泣涕零如雨。河汉清且浅，相去复几许？盈盈一水间，脉脉不得语。

七夕那天晚上，我去小区球馆打球，见平素几个球友竟然一个不落地都在，我就笑他们，一个个胆子很大，情人节竟然也敢来打球。他们自然也笑。

《红楼梦》里的凤姐说：“正是生日的日子不好呢，可巧是七月七日。”刘姥姥忙笑道：“这个正好，就叫他巧哥儿。这叫做以毒攻毒，以火攻火的法子……”这天并不是吉日，只是民间自有跌宕腾挪的法子。七月七，其实是未成年女孩子们的锻炼日，她们仰望银河，预感到未来可能并不美好的日子，但因为年少，一切总还有改变的可能，所以要乞巧，要对月穿针线，日后遇难成祥逢凶化吉，都要从这“巧”字上来。

那么多关于七夕的诗词，我最喜欢的，还是小杜的那两句。“天阶夜色凉如水，卧看牵牛织女星。”叽叽喳喳摆开瓜果杯盏的小时候已经过去，如今她只是沉默，但还好夜空也是沉默的。

这个沉默的女子，又是从《迢迢牵牛星》这首诗里走过来的。

《迢迢牵牛星》一诗，无论是在叠字的连用还是整体结构上，与《青青河畔草》极为相似。青青河畔草，是渐行渐远还生；迢迢牵牛星，也是相思相望不相亲。这两个起句都是从对面远处说起，次句才落到主人公身上，然后一气而下，平叙眼前事，末了四句由叙事转成抒情，却都不着议论，只是咏叹而已。这就好比《小雅·四月》的末章："山有蕨薇，隰有杞桋。君子作歌，维以告哀。"物各有宜，人亦随遇，但随遇的同时，却也有不得不诉诸诗歌的情义，只是古典诗人们只是"维以告哀"罢了，所谓"哀而不伤"，并非美学意义上的刻意控制，而是伦理范畴内对于生命诸多限制的懂得。

然而，这两首诗又有极大的不同。"荡子行不归"，那近似于绝望的分离，剥极复来，反倒生出"空床难独守"中的一丝希望；但"河汉清且浅，相去复几许"，这里面始终存在着的伸手可触的希望，竟成为主人公永难摆脱的纠结。"盈盈一水间"，对于这一句里的“盈盈”两字，一直有两种解释，一说形容水的清浅，一说形容织女，和“盈盈楼上女”仿佛。我胡乱猜想，其实这两种解释未必水火不容，也许，这“盈盈”两字是在形容织女倒映于银河中的影子，那影子陷在水中，就像她的生命陷在咫尺外的希望里，不可逃脱，却依旧保持动人的姿态。

“脉脉不得语”，这是填满夜空的永久沉默。帕斯卡说：“无限空间之永恒沉默使我颤栗。”但在中国人的思想里，这样的沉默并不是作为对立面的、令人股栗的深渊，“卧看牵牛织女星”，我们都安然卧在这样的沉默之中。

我又想起《小雅·大东》，在写尽人世愁怨之后，那首诗里忽然出现这样的句子，“维天有汉，监亦有光。跂彼织女，终日七襄”，或许正是我们的生命黑暗，所以能突如其来地见到银河。

8　生年不满百

生年不满百，常怀千岁忧。昼短苦夜长，何不秉烛游？为乐当及时，何能待来兹。愚者爱惜

费，但为后世嗤。仙人王子乔，难可与等期。

这首诗该怎样讲，我想了许久也想不好，因为其中谈到生死，而生死是大事，比不得家国情爱之类的小事，不能草草，何况未知生焉知死，更何况，生的一半我都还没有彻底搞清楚。

任何关于生死的意见，都是生者作出的，故而越坚定独断，就越色厉内荏，也就越令人生疑。同理，假如定要为这首关乎生死的诗总结出某个主旨，无论是“劝人及时行乐”还是“刺贪刺吝”，虽然古今都无异议，我觉得总还是不够的。因为，在我看来，这首诗句句都如正宗怀疑论者的口吻，虽然坚定，却是同时认识到硬币两面的坚定。

“生年不满百，常怀千岁忧。”你可以说这是在讥讽世人对身后名利的无尽欲望，但“讥讽”、“身后名利”以及“欲望”这些个字却是你自己加上去的，诗里并没有这些字，只有一个“忧”字。即便是“千岁忧”，本身也绝无贬义。《周易·系辞》云：“作易者其有忧患乎！”孔子云：“人无远虑，必有近忧。”孟子云：“生于忧患，死于安乐。”一千年以后的事情，对往圣大德而言，并非虚妄。于是，我们也有理由把这两句诗视作对圣人忧患的素朴写照。在这两句诗里，庸人的忧患和圣人的忧患，原本便是平等的。

“昼短苦夜长”，这句我们读熟了，不觉得有问题，但若细究一下它的语法结构，好像并不简单，至少绝非“白天不懂夜的黑”似的主谓宾结构。好像这个问题没有人认真答复过。不过我在傅玄的《杂诗》里似乎找到了答案，“志士惜昼短，愁人知夜长”，这两句互见，才是“昼短苦夜长”，这样一看，我们才发觉，原来那秉烛而游的，从一开始，就既有愁人，也有志士。“何不秉烛游”，这是全诗里最生动的一句，“秉烛”是此生肉身的限制，“游”却通向一个无限自由的时空，这是日常生活的素朴写实，又背负了“光明与黑暗”的巨大象征。让最简单的语素承担最强有力的诗意，古诗里最好的文字莫不如是。在后世曹丕《与吴质书》、陶潜《饮酒》，以及李白《春夜宴桃李园序》里，我们都能听到这一句经久不绝的回声。不过，这一句虽好，倒也担不起方东树那句“奇情奇想”的称赞，因为它原本就隐藏在西汉刘向《说苑》的一个故事里。“晋平公问于师旷曰：‘吾年七十，欲学，恐已暮矣。’师旷曰：‘暮何不炳烛乎？……少而好学，如日出之阳；壮而好学，如日中之光；老而好学，如炳烛之明。炳烛之明，孰与昧行乎？’”假若我们相信《十九首》的作者多是东汉人，那么，他们没有理由不晓得《说苑》里的这个故事。这样一来，世俗的及时行乐，与君子的终日乾乾一生向学，这样两种截然不同的态度，从一开始，就并行不悖地暗含在“何不秉烛游”这句诗中了。

“为乐当及时，何能待来兹。”正如前面的那个“忧”字本身无褒贬，这里的“乐”字也当作如是观。《尼各马可伦理学》讲，“人们追求的是不同的快乐，尽管都在追求着快乐”，又说，“人们认为只存在这样的快乐，因为他们只知道这些快乐”。也正因为这样，这句诗才有能力适用于完全不同的人。反过来，选择什么样的乐，也就是选择什么样的生活方式，进而就是选择做什么样的人，这才算真正迫不及待的事情。“兹”是一年生的新草，代指“年”，“来兹”，各种注解都因循释作“来年”，但我觉得这样的解释好比是偷懒的直译，字字都对但意思却不对了。因为对草而言，一年就是一生，那么“来兹”作为生命强度的暗喻，对人而言，当然应该解作“来生”才相称。

“愚者爱惜费，但为后世嗤。”这里的“爱惜”，是舍不得的意思，“费”是花费。这花费若是指通常意义的钱财，后世嗤笑的愚者就是吝啬鬼和守财奴一类。但还存在另一种花费，就是心血和精神。孟子曰:“人皆知以食愈饥，莫知以学愈愚。”学问者智，但学问是要耗费心血精神的，在这方面的爱惜，便会让一个人停留在精神的愚笨之中，这也是后世要嗤笑的。也正是这双重的指向，使得不同的人在面对这首诗时，同样都会生出惶恐。

“仙人王子乔，难可与等期。”这一句，与其说是否定神仙的存在，不如说是在表达一个难以企及的希望。在任何伟大民族的精神意识中，都一定存在某种永恒的观念,《斐多篇》里，苏格拉底用简单的两分法和三段论，就清晰有力地区分出生命中有死的肉体与不死的灵魂，然而，在汉人的思想里，他们更倾向于面对一个不被割裂的完整生命，无论是有死的还是不死的。无数生命的白昼，纷纷没入黑夜，但王子乔白日飞升，象征着一个完整的不死的生命，从黑夜边缘逃离。只要存在一个特例，独断论的铁块上就会出现裂缝，那希望尽管难以企及，却仍旧是希望。就是这样面对死亡时坚定的矛盾态度，构成了这首诗的结尾，而任何对于死亡的意见，都无法影响死亡本身，只能影响各自的生。

既见君子

1 碎片

爱伦·坡提倡短诗，他说，长诗是不存在的，“一首长诗”不过是一个矛盾的措辞。我现在想想，觉得坡还是太乐观了。短诗确实比长诗更能刺激听众和读者，并留下更为明确的印象，但倘若搁在一个更大的时空里衡量，短诗和长诗的命运却又是相同的，它们都将沉没。能浮现在一代代的人心里的，不是一首首完整的诗，只是其中一些最好的句子，最精美的碎片和残骸，此起彼伏，来自深海沉船。

而这样碎片般的命运，又岂止属于诗，整个古典传统，都注定以这种碎片般的姿态为现代人所知晓。John T. 汉密尔顿在谈到十八世纪德国天才们对品达的接受史时，就曾经看到了这一点。“传统为什么必须在碎片中显示自己，这才是原因所在。这些碎片丧失了过去的真实，它们为此疼痛不已，但对未来是新的真实，它们仍有渴望，而且这些疼痛根本不能与渴望相提并论。”

“三百篇”，既是诸多短诗的结集，在当时又是一个整体，有涵盖一切的力量。而在今天中国人的文化生活中，其无论是作为一首首单独的短诗，还是作为整体的诗教传统，都已丧失曾有的完整性，只剩下一些碎片，锈迹斑斑，或隐或现。但我却不觉有什么悲观。

任何企图将碎片单纯地复原为整体的冲动，即便如温克尔曼般努力，倘若不被新一代人厌弃，最终也只能沦为一种可笑的复古时尚。碎片的价值，不仅在于指向曾经隶属其中的传统，更在于指向这个传统形成之前的、原初的幽暗，而真正的未来，也将诞生于这样的幽暗之中。一块船板突然浮出水面，在新的时空里，它再次成为了一块拥有名字的木头，再次令人想起早春的树林和远山，在那里，无数的新枝正在浓荫下生长。

品达有几句被后人反复援引的诗，在其第二首《奥林匹亚凯歌》的结尾："诸多飞矢 / 在我腋下 / 在我这箭鞘之内 / 对理解者倾言，可大多数人却需要 / 那些解释者。"我愿意联想到的，是两千多年前，那些在宴享杯觞间、在书册典章中呼啸穿梭的断章碎片，它们同样如利箭一般，锋利，轻盈，它们轻易地击中那些理解者，无需解释。

至今也还如此。

2 草虫

《学记》里有一句话，我很喜欢，“不学博依，不能安诗”。原来诗并非新奇的创作，也无关古老的神意，它只是一个人走向安宁的过程。所谓“情动于中而形于言，言之不足故嗟叹之，嗟叹之不足故咏歌之，咏歌之不足，不知手之舞之，足之蹈之”，这种种的不足又不足，如何被一点点安顿再安顿的过程，就是诗。而这样安顿的力量，来自博依。郑玄讲，博依就是广博譬喻，而张文江老师说，博依即各种各样的象，接通各种各样的能量来源，兴观群怨是依，多识鸟兽虫鱼之名也是依。

“吾尝跂而望矣，不如登高之博见也。”跂而望者，终止于想象；登高之博见者，才能亲见到许多真实的象。风卷云舒，草木荣枯，峰峦如聚，波涛如怒，都滚滚而来。而这些滚滚而来的天地景象，无数的能量来源，临了近处，却都汇集成一个人身，这便是“既见君子”。

“诗三百”有歌谣的底子，很多好的句式，有如一些基本的旋律，会在不同时代不同风土不同作者的乐曲中反复回荡。未见君子，我心伤悲；既见君子，云胡不喜。这样的哀乐未既，层见叠出，又明白如话，散落于《国风》和《小雅》的各处，是最能打动我的片断。

张爱玲在自己的照片背后题字送人，“见了他，她变得很低很低，低到尘埃里，但她心里是欢喜的，从尘埃里开出花来”，原只是天才好玩地化用《草虫》三章：见了他，是“亦既见止，亦既觏止”；低到尘埃里，是初章的“我心则降”；但她心里是欢喜的，这是次章的“我心则说”；而末章的“我心则夷”，我乱猜爱玲是不是跳跃地想到了辛夷，“涧户寂无人，纷纷开且落”，或许那便是最初从尘埃里开出的花。

她对他，有既见君子的意思，而他却不懂，只是盼望所有的关系都要发生，又装懂不去问她，事后乱解释，还讲给世人听，遂成为流毒甚广的情话。

3 隰桑

苏格拉底有一次和斐德若散步，走到雅典城门外的一处河湾，苏格拉底忽然开始赞叹起这个地方的美丽。斐德若很惊讶，因为苏格拉底看上去好像一个来自异乡的观光客，他就问苏格拉底："难道你从来没出过城吗？"苏格拉底回答："确实如此，我亲爱的朋友。因为我是一个好学的人，而田园草木不能让我学到什么，能让我学到一些东西的是城邦里的人。"

苏格拉底一生的努力，似乎就在于将希腊人投诸天地的视线扭转向人自身。而这样在古希腊需要口燥舌干甚至付出生命代价的事情，对于同时代的中国人，却几乎是一种常识。兴观群怨，事父事君，都是和人自身息息相关的事情，最后，才是多识鸟兽草木之名。再进一步讲，"诗三百"中虽处处有鸟兽草木，但它们从来都是人世的投影，鸢飞鱼跃，是人的境界；黍稷方华，亦是人的情感。

"隰桑有阿，其叶有沃"，本只是没意思的话，因为桑树高下皆宜，处处可生，并不单在低矮潮湿之处才会长得好，但后面接了"既见君子"，这没意思的隰桑，也就变得生动起来。

我有一个朋友，那年春天去另一个城市看他喜欢的人。他下了飞机才给对方电话，结果对方恰好在外地，要第二天才能回来。他遂安顿好住处，吃完午饭，他想如何消磨这计划外的一天空闲呢？那些名胜古迹他一点兴趣都没有，还是去她住的地方看看吧。

她每天也会开车经过这条建设北二路吗，路旁栅栏外的红山茶她也会看到吗？她也会天天走过踏水桥吗？看两岸杂花生树、流水回旋又奔流？看街角绿地里的梨花开放吗？

他沿着河走，走到她所居住的小区。他从她家门前的广玉兰之间走过去，又从另一侧长须垂挂的小叶榕树丛里走出来，她每天也会看到拐角处那三株盛开的白玉兰吗？那门口清一色排开的花盆，有她伺候的吗？

她每天都会经过这条踏水桥北街吧？他在街角，找了个空空的小饭馆坐下。她有时周末，会不会也坐在这里吃饭？他坐在那里，对着外面的街，想象她每天经过的样子。结账的时候，小妹多算了两元，他给过钱后想想不对，也懒得再声张，过了一会，小妹拿着两元又跑过来，带着算错账的羞涩笑容。

他觉得这样就很好。这里的草木很好，有深意，这里的人很好，有诚意，她住在这里很好。这一切，他也不用告诉她，就像她并没有告诉他一样。

“心乎爱矣，暇不谓矣！中心藏之，何日忘之？”过了几年，在酒后，他把这个故事告诉我，我便背《隰桑》的卒章给他听。

4 再说隰桑

我是读过十余家诗说之后，才觉出朱熹《诗集传》的好来。都说《诗集传》简约易读，但它的简约，其实是博而能约。他的学生泛看诸家诗说，他便说，“某有集传”，这话多么骄傲，有截断众流的气概，但之后学生若真的只看集传了，他又告诫其还得参看诸家，因他的截断众流，原本有涵盖乾坤作为底子。至于集传的易读，则好比君子的易和而难狎，与世皆亲又自有怀抱。孔子对子夏和颜渊讲读书的境界，“丘尝悉心尽志，已入其中，前有高岸，后有深谷，泠泠然如此，既立而已矣”。集传虽易读，却也要读到泠然既立才好。

然而，我以为集传的好，还在于其中能见到作者的深情。可以举两个例子。之前提到的《隰桑》卒章，“心乎爱矣，暇不谓矣”，诸家解释或训“谓”为

“勤”，或训“暇不”为“无不”，意思虽通，却太过纤巧，且显得诗人全无蕴藉。唯有集传老老实实从字面看过去，“言我中心诚爱君子，而既见之则何不遂以告之，而但中心藏之，将使何日而忘之耶”？这样的纠结为难，原本是每个人都能懂得的情感，他随后又引《楚辞》“思公子兮未敢言”来做例证，并说“爱之根于中者深，故发之迟而存之久也”，这便是朱子的宽阔和细密。

我昨天读乐府诗，见到魏文帝的两首《燕歌行》，其中《秋风》一首很有名，也背过，但另一首《别日》之前不太有印象，这次读了，倒觉得更好。“别日何易会时难，山川悠远路漫漫”，这里有对自然和天意的诚实，有即目所见的阔大，后来李商隐的“相见时难别亦难，东风无力百花残”，只是向个人深处挖掘，气象自然小了。“郁陶思君未敢言，寄书浮云往不还”，可以相应于前面说到的“思公子兮未敢言”，以及《隰桑》里的“心乎爱矣，暇不谓矣”。这样的未敢和不谓，我时常想，或许就是诗教吧。而真正的民间男女恋爱，是“我欲与君相知，长命无绝衰”，是“闻君有他心，拉杂摧烧之”，是“置莲怀袖中，莲心彻底红”，是“桃花开到人心里”，无论得失成毁，恐怕都要激烈彻底很多。

5 菁莪

朱熹著《诗集传》，尽扫小序，待到后来作《白鹿洞赋》，又有“乐菁莪之长育”的句子，他的学生便觉得奇怪，因“乐育材也”原本正是小序对《菁菁者莪》的解释，问其缘故，朱子回答“旧说亦不可废”。

问渠哪得清如许，为有源头活水来。他只是不得已要涤荡尘埃，正本清源，并没有拆迁改造指挥部的意气风发。过去人的革故鼎新，多半如是。

“汎汎杨舟，载沉载浮。既见君子，我心则休。”旧疏多将沉浮二字落实在义理上，以舟船可载沉物也可载浮物，或喻人君任用人才无所偏废，或喻君子怀抱利器虚舟待用，就这样聪明地把诗糟蹋成论文。这一章我惟见朱子解得好，“载沉载浮，以比未见君子而心不定也。休者，休休然，言安定也”，他只是即目所见，以我观物，不讲道理，却真是解人。

心不安宁，多半都是在将见未见之际，因为虽然未见，心里却是有期许的。可以套用拉罗什富科的格言："如果没有听说过君子，有多少人会永远见不到君子？"我们都是从先秦典籍中预先得知君子的存在，以及那样一个由君子所构建的人世，它意味着健全、安稳，和值得托付。

诸子的论述里，多有对君子的定义，但君子本不是一个固定的概念，正如做人也不是做数学题只有一个标准答案，所以我更喜欢《论语》和《周易》里君子的气象万千。《论语》里有三次关于君子的问答。先是子贡问君子，孔子回答："先行其言，而后从之。"子贡辩才无碍，且有眼光，可以做国士，或者做个大商人，最不济也能做个评论家，但他仍心有不安，要问问君子到底是怎么回事，他最后还是听进去老师的话，有他自己的行动，并不是空谈家。后来子路也问君子，孔子的回答是"修己"，修己以敬，修己以安人，修己以安百姓。子路勇于行动，"有闻未之能行，唯恐有闻"，他的行动是触发式的，听到了一个好东西就一定要立刻照着来做，奋不顾身，所以孔子用"以安百姓"来哄他，教他爱护自己。还有一个司马牛，也问过一次君子，孔子教他“不忧不惧”，这个境界就要低一点，因为君子仍有他的忧惧，但不是司马牛这个层次的忧惧。

《论语》里的君子，多少还是课堂上的，而《周易》中的君子，则纯然是实践中的。

《周易·大象》用卦象者凡五，曰先王、后、上、大人及君子，其中又以君子为基础，六十四卦中用君子象者五十三卦。“此五十三卦之象，所以示种种不同之境，而君子处之莫不有其道”；“至于君子之用《易》，当以乾坤为主。乾之大象曰：天行健，君子以自强不息；坤之大象曰：地势坤，君子以厚德载物。此二象为君子用《易》之本。析而观之，自强不息，准之时、位；厚德载物，原于德、物。自知以德、物合于时、位之宜，斯即君子之象乎。”（潘雨廷《易学史发微》）

《周易·大象》中的君子，全然是具体境遇中的鲜活存在，它不讲君子是什么或者应该具备什么，而就讲此时此刻假如是一个君子他会怎么做，如果说《论语》是言传，那《周易·大象》便是身教。

而《诗经》中的君子呢？未见君子，忧心忡忡；

既见君子，我心则休。没有理念的论述，也没有课堂上的问答以及现实境遇中的决断，那回荡在《国风》和《小雅》四处的，似乎只是这样的一声声呼唤，却因为呼唤的那个人实在郑重，如同上帝说“光”，就真有了光。

6　蔓草

米兰·昆德拉有本书叫《相遇》，这个名字很好，但他没写好，或者说，他只能写成如此。他讲的相遇，是电光、石火，和偶然，如洛特雷阿蒙所谓“一台缝纫机和一把雨伞在解剖台上的相遇”，这种类似两颗各自运转的行星在第三轨道的碰撞，在充盈着陌生感的新鲜天宇下，随之瞬间迸发出的生命热情、理念眩晕和个体自由，构成了昆德拉坚持的现代美学。

这种相遇，我想对于写作的人会是很好的激发，有幸感受时应该珍惜才对，但能够真正打动我的，却每每是另一种相遇。

孔子有一次驾车出游，在路上遇到齐国的程本子，倾盖相语终日，要分手的时候，孔子想送点东西给他留念，便转身问随行的子路取一些束帛。子路有些不高兴，倒不是小气，他向来是可以与朋友共的人，只因为他想大家都是有身份的人，相互见面，应该像女子出嫁一样，得有人居中介绍才是，哪能在大马路上逮着了就聊个不停，临了还直接送人东西。孔子回答他道:“夫诗不云乎:野有蔓草，零露漙兮。有美一人，清扬婉兮。邂逅相遇，适我愿兮。且夫齐程本子，天下贤士也。吾於是而不赠，终身不之见也。”

邂逅相遇，意外的是在此时此地遇见对方，自己想想也没有做过什么努力；适我愿兮，是见到了心里一直描画和期待的人，不是见到异形和贵宾，不用去努力调整自己。总之，不用耕耘，就有收获，这是多么高的境界。他们原本就“两相思，两不知”，现在见到了，自然要“邂逅两相亲”。汉代邹阳狱中书引“倾盖如故”的古谚，六朝谢灵运又有“相逢既若旧”的句子，再到民国张爱玲“你也在这里吗”的低语，几千年了，说的都是同样的意思，也还没有说够。

至于见到以后呢，除了送一点束帛，也没有想过要怎么样。船山讲:“情注于相见之有日，而意得于相见之一日……过此以往，德者以德，道者以道，功者以功，言者以言，皆其所未尝计也。”而他们在相遇的那一刻，甚至都不知道怎么办才好，只能不停讲话，还好那时候路上没有交警。

7 晨风

陶诗云，安得促席，说彼平生。而这样的促席相见，在《诗经》里似乎是容易的事，这里也邂逅，那里也既见，就算写到未见时的忧忡和伤悲，似乎也只是为随后的相见欢作烘托。唯独一首诗，里面三章复沓，只有未见，完全不存一丝希望，这便是《晨风》。

“鴥彼晨风，郁彼北林。”晨风，是鸟名，旧说似鹰鹞，但闻一多认为是雉类，具体形状我没有查到实图，不过也无需查，只要想到清晨掠过荒野的一阵大风即可。所有的名字，在最初唤出的那一刻，都是诗，朝云如此，北斗也是如此，只是它们被唤熟唤滥罢了，而晨风尚且是一只新鲜如诗的鸟。

陆机有“晨风思北林”的句子，鸟入林中，是得其所哉的象，和随后二三章的“山有……隰有……”的起句相仿，都是《诗经》里惯用的兴起。万物各得其所，唯有诗人不得其所，因为未见君子。这个未见，不单是没有执手，多少也还有不知道他究竟在哪里的意思，而不知道他在哪里，也就不明白自己在哪里，所以有些彷徨。彷徨不得其所，更有不能释怀的牢骚，这在《诗经》中是少见的，所以船山说“继《晨风》而作者，唯屈氏之骚也”，这是他的慧眼独具。不过，我倒是不太喜欢屈原，因他不爱惜自己。

廖平晚年多恢奇诡异之说，时人多怪之，但其以《诗》、《易》并为天学，以《易》之未济、既济，参《诗》之未见、既见，我读到之后，真是觉得惊艳。我们现在读诗，虽不必照搬廖子来刻舟求剑，但起码要知道还有这样的境界。未济卦之《大象》曰：“火在水上，未济。君子以慎辨物居方。”物失其居处而散乱，故君子辨之以慎，经纬天地。若如《晨风》，虽百般不得其所，却始终未见君子，又该如何？

“如何如何，忘我实多。”这看似在说他忘了我，其实是在说我还惦记着他，因为他是否已经忘记我，其实是确定不了的，能确定的只有自己此时此刻的感受，我觉得你忘了我，那是因为我还一直记得你。不过之前还有一句“忧心如醉”，我更喜欢，因为想到了李白的“醒时同交欢，醉后各分散”，明明独酌无相亲的寂寞，经了他就变成繁华，天地之间，其实就是这样。

九歌

1 若有人兮山之阿

* * *

过去读古诗，遇到楚辞，总是有绕开的心思，因为里面有太多的生僻字，即便有好的注本，也终究隔了一层，像是在啃艰深的学术书。即便看明白了，也不会如旧世界的士大夫那般触动，只是增长了些无用的知识。游国恩曾把楚辞学分成训诂，考据，义理，音韵四派，我看来看去，哪一派和自己都不相干。我虽然不讨厌学问，但读楚辞就是读楚辞，若是因此掉进楚辞学的大坑，南辕北辙，不小心“磨砖作镜，积雪为粮”，那可不划算。

欧阳修讲，屈原《离骚》，读之使人头闷，然摘一二句反复味之，与《风》无异。这样的坦白认真，好比一生都反感莎士比亚的托尔斯泰对莎剧的反复研读，总会令人暗生欢喜。读书最要不得势利心，但偏偏读书人最势利，多数人趋炎传统，作敬畏状，少数人附势未来，作先锋状，都要不得。昆德拉有言：“追求未来是最糟糕的因循守旧，是对强者的胆怯恭维。”这话出自《小说的艺术》，我虽然看过几遍中译，但真正看到了这句话，还是从理查德·罗蒂的哲学书里。现在提到罗蒂，读书人都一脸肃穆，提到昆德拉多半都是撇撇嘴，但罗蒂就会仔细读昆德拉，这是势利的读书人怎么也想不明白的事。

但楚辞自有它的好，能与千载之下的我们素面相对。刘熙载《艺概》："赋起于情事杂沓，诗不能驭，故为赋以铺陈之。"又说："《离骚》东一句西一句天上一句地下一句，极开阖抑扬之变，而其中自有不变者存。"情事杂沓，诗不能驭，因为好诗需要简单清明，如一束光，所以写诗之后，那些情事依然杂沓，不能消散，故为赋以铺陈之，东一句西一句，天上一句地下一句，好比今天的你我致力要写出的文章。

* * *

屈赋里我喜欢《九歌》，但要说的，只是《山鬼》。现代诸学者挖空心思要把山鬼考证成某个确切的山神，或径认作巫山神女，看似华美气派了，其实真是煞风景。《九歌》里已经有那么多骄傲的神，他们竟还容不下一个鬼。《聊斋志异》好就好在是鬼故事，若是一一换作瑶池仙宫里的神仙姐姐，恐怕也就无味得很。

朱熹《楚辞集注》视山鬼为木石之怪夔、魍魉，并认为鬼阴而贱，不可比君，只是作者的夫子自喻。我读《楞严经》时见到六道轮回，也见到魍魉。她源自贪明见习，经地狱劫火烧尽，受诸鬼形，即名魍魉；其鬼业既尽，受诸畜形，多为应类，即社燕塞鸿之属；畜业既尽，受诸人形，参与文类，为读书写字的人。山鬼之于文人，宿世相对，里面几多巧合，几多因果，一时间竟有些恍惚。

《楞严经》里划分妄情虚想，勾画地狱天堂，所谓“纯想即飞，纯情即沉”，那些沉入阿鼻地狱历无量劫的，都曾是妄情无尽的人。而我们这些情想均等的普通人，不飞不坠，苟活于人间，对他们，终还是不舍，想到就会忧伤难抑，又有些惭愧，因不能如他们那样勇敢充沛。这有点像但丁在地狱第二圈所见到的情景，“……他又指给我看 / 千余个阴魂，并用手指历数着 / 因爱而离开尘世的人们的名字”。《神曲》里，“地狱篇”比“天堂篇”动人，就像《九歌》里的山鬼于我们更亲。

“仙宫两无从，人间久摧藏。”这摧藏无限的人间倘若真值得留恋，却也因为还有山鬼。

* * *

若有人兮山之阿。这七个字，起得真峻峭，明明是自己有满满的话要讲，却非要说是另外有这么样一个人，好像有些话非得戴上面具才能说似的。这是一种怎样的珍重呢，珍重到不敢直接和对方讲心里话，也许是太骄傲了，骄傲到对自己严厉，不断地省察，生怕说错一个字。即便戴上面具，还是有些不安，所以要先说一个“若”字。

若有人兮山之阿。这起句值得反复地念，因其兼了赋比兴三义，却没有一个饰词。后来杜甫写“绝代有佳人，幽居在空谷”，虽也好，但因时代风气，不得不借助形容词的力量，多了几个字，意思反倒单薄了许多。不过“天寒翠袖薄，日暮倚修竹”倒是时代的新气象，有一种识破源流的安稳，像是山鬼的中年版，倘若她可以坚持过来。

手头看的杜诗本子，是仇兆鳌的《杜诗详注》。我也就这么一套杜诗，破破旧旧的，好些年前在地摊上买的。大概也是这样的明媚春日，卖书人可以把自己和书都晒在马路旁，而闲逛的我那时也正如春日的懵懂。

买了以后呢，也未仔细读完过。前几天因为要找那首《佳人》，就翻出来，看见总共五册里就第一册密密地夹着便签。这是我的靡不有初。

《杜诗详注》是按编年次序，接在《佳人》之后的，竟是《梦李白二首》。杜甫几首写李白的诗，写得都极好，大概唯有思想起李白，想起当世有这么一个人的存在，以及消失，能让他集聚所有的心神，焕发完全的热力。“故人入我梦，明我长相忆”，家国丧乱，天地萧瑟，此刻他都可以放下不管，此刻他只是一个长相忆的人。

* * *

少年时喜欢遗山词，大概也只是贪其落笔疏快，诸如“恨人间，情是何物，直教生死相许”这样的大白话，数百年后转身就化作言情剧的插曲，毫无隔阂。还有“千秋万古，为留待骚人，狂歌痛饮，来访雁丘处”的结句，读起来真叫人血脉贲张，仿佛金樽美酒端在了手中，未痛饮已半醉。而如今重检旧册，见到的，是另一些深婉。

“山鬼自啼风雨。”我一直想不出怎么来讲《山鬼》的好，直至在遗山词中再遇见这个“自”字。你看她只是自说自话，自卖自夸，又是穿戴好，又是容貌好，身段好来座驾好，举手投足碰触的东西也都好，真有那民间划拳猜令的嚣张，哥俩好呀好再好，好了还不行，还要再好。只是细看过去，对面并没有人跟着声气相应，只是她一个人，在那里好再好。

一个人，要那么好做什么呢，尤其自己还知道自己就有那么好。“岁既晏兮孰华予”，没有那个能让自己再好一点的人，这是山鬼的怨。哀怨起骚人，她只好自娱自乐，采三秀兮山间，折芳馨兮遗所思，其实也没什么人可以送的，还是插花满头比较得意。

今天是清明。往年这时候都要去看许老师，然后在朱家角看看水，看看鱼。但今年就没去，也没什么要紧的事缠身以做借口，就是没去，哪里都不想去。君思我兮不得闲，这并不是说他虽然思念我却没得闲工夫来看我，而是说他思念我简直思念得一刻都不得停止，所以清明冬至之类，也不过是平常日子。这样的委曲，在我，还要和现代人解释一下，而山鬼早就晓得。

* * *

屈原“离骚”二字，我惟见钱锺书解得好。他引“弃疾”和“去病”这样的人名为例，又举“遣愁”和“送穷”之类的诗题为证，所谓“离骚”者，犹《心经》言“远离颠倒梦想”，是人间永久的愿望。而这愿望自然也永久不能实现。

“思公子兮徒离忧”，这里的“离忧”也当如“离骚”一般来解。因为思公子，因为这样的念念不忘，那远离忧伤的理性愿望，最终必然沦为徒劳。这样来解，似乎没有在哪家注本上见过，但唯有如此，方才能感受“屈子之文，沉痛常在转处”（刘熙载《艺概》），写文章最要紧的就是转处，而对于《山鬼》，转处就在最后的那个“徒”字。

晓得了“离忧”并非指陈忧伤，而是尝试远离忧伤，才会明白它前面那个“徒”字的力量。那不再只是一种无可奈何，而成为一种决定，决定将一切如何自我保全的想法都捐弃，忠实于自己此时此刻的情感。虽然那情感并不能让自己的生活变得更好一点，虽然外面正风雨琳琅猿鸣木萧，但那样的情感，已经成了生活本身。生活本身就是在体验这种最值得宝贵的情感。

我有个朋友，最喜欢《山鬼》，但不喜“君思我兮然疑作”，因为里面有个“疑”字。她曾写道：“怀疑具有绵长的力度。始终能指望更好的。事实上，我不能判断，我不判断，我做决定。我决定这样，但不做判断，不断地做决定。不断地决定。决定比判断更有力，更残酷。”

然疑作的时候，不能判断，判断也失效，只能决定，不断地决定。思公子兮徒离忧，这便是山鬼最后的决定。当然还有更残酷有力的决定。事实也是如此。

2 卿云烂兮，纠漫漫兮

日本《古事记》的开头，伊耶那岐命和伊耶那美命这兄妹二神奉命下到人间来造那漂浮的国土。为着繁衍造物，他们便要以男女相见，于是，相约围绕一根天之御柱，一个从右转，一个从左转，背向而行。史书里没有记载这根柱子的直径有多长，也没有说他们行了多少的时间，也许很久，也许只是一刻。再相遇时，伊耶那美命先开口：“啊呀，真是一个好男子。”随后，伊耶那岐命说：“啊呀，真是一个好女子。”

我读到这里，真觉得天地澄澈，千万年前的事情如在己身，再没有多余的话。然而接下来却还有一转。他们随后有了几个小孩，但因为是伊耶那美命身为女子先开的口，天神觉得不良，怎么办呢，也只好重新来过。这次是伊耶那岐命先说道："啊呀，真是一个好女子。"随后，伊耶那美命再说道："啊呀，真是一个好男子。"

"人生若只如初见"，这流行的纳兰诗句，明明很好，我却一直不喜欢，也说不出原因。如今用《古事记》对照，才明白之所以不喜，是因为觉察到其中熟悉的放弃和挑剔。因为已经放弃了，所以就愈发挑剔，唯有这样才能安慰自己，在柔弱中安慰自己。而所谓"万物皆相见"，却并非追忆或梦幻中的事，偏偏正是时时刻刻乃至此时此刻的光明刚健，新鲜流溢，比如伊耶那岐命绕柱再见到伊耶那美命。

倘若允许，他们可以像两个小孩子一样，反反复复地绕柱而行，于独自处混沌生长，于相见时欢喜无厌。那最初感受到的好，没有一点渣滓，所以可以就这么一直好下去，每次见到都有同样的好，如同《庄子·达生》里讲的"始乎适而未尝不适"，不用努力维持，也不会消失败坏。而我在古歌谣里又找到《卿云歌》，“卿云烂兮，纠漫漫兮。日月光华，旦复旦兮”，说的也是这个。

我因为在复旦读过几年书的缘故，于《卿云歌》反倒一直不亲。倒是好几年前，也是这样一个连绵雨季，光华 BBS 上相识的友人，在为外面的雨声欢喜和烦忧，并写道，“每心情不好，就会读《诗经》，这次也是。读来读去，却不得解脱。埋怨、激赏或私情缠绵，都碰不到心里那块黑铁。今却在古歌谣里遇到《卿云歌》”。我当时读到，依旧还不甚明了，如今和一切都隔得远了，反倒一点点想明白些。人心里的那块黑铁，之所以遇到《卿云歌》能得以解脱，是因为这歌完全没有要去碰触、消化抑或摧毁那黑铁的心思，它只是说，“旦复旦兮”，永远的从光明到光明，始终纯粹的积极进取。我想，我们过去喜欢的都是秉烛夜游，都是“惟将终夜长开眼”，但这些其实都是停下脚步，转身和黑夜、绝望乃至死亡作战，而大凡这样的战斗，并没有所谓的胜利可言。

《卿云歌》可当作《颂》来读，这也是我最近才发现的事。《颂》是最高程度的诗，不必言志，也没有兴观群怨，只是人天相见，歌以永言。《周颂》里，时常能见到“缉熙”这个词，缉是积续，熙是自然光，人真正要学的，就是怎么积续那一点点自然的光。所谓“日就月将，学有缉熙于光明”，说的便是天上的日月光华，如何旦复旦兮地成就在人身的过程。这种成就的最后，落实在《卿云歌》里，便是八伯对大舜的赞颂：“明明上天，烂然星陈。日月光华，弘于一人。”

我以前看到“日月光华，弘于一人”这样的话，尤其又出自臣子之口，就总觉得不过仿佛星宿派弟子的谀辞罢了，而这样的消极反应，其实只说明自己的力量不够。汉代的《引声歌》里，有“天地之道，近在胸臆”的句子，张老师就讲，这句诗气派非常大，“天地之道，完完全全在于人，就在人的身体上，就在人的心中”。如是理解了《引声歌》里的这句诗，自然也能进一步向上理解八伯的赞颂。对于舜和他的臣子而言，日月光华，弘于一人，这是全然真实的象，就是在那个人身上看到了，而那个人也有力量承受这样的真实。

那样的人，那样的光华，见到了就不会消失，不会败坏，更不会毁灭。倘若当真觉得他们都不存在了，那只是我们的无明罢了。“饔乎鼓之，轩乎舞之，菁华已竭，褰裳去之。”他们去哪里了呢？在历史的墓冢丛里翻掘和祭奠，并不能找到和唤回他们，因他们早早地先我们一步去往了未来，我们若精进，也许能在小孩子的眼睛里重新发现他们，在前方地平线的尽头依稀看见他们。如此，天地悠悠，才化作人世的迢迢无穷尽。

外面的雨依旧在下着，好像也是没有穷尽似的。我又想起前阵子去复旦那边吃饭，见到南区“腐败街”上的庆云书店正挂着“清仓转业”的招牌。这是家专卖出版社库存的三折书店，在南区也约有十年了，起先在六教旁边，后来又开到“腐败街”上。我记得刚开业那会有很多好书，那时候，还不大有电子书，基本上三折书店里的好书要远远超过新书店，这是复旦公开的秘密。那时候，它收银台背后的墙上挂着一幅字，具体写什么我忘了，但印象很深，因为读过以后才知道原来庆云就是卿云的意思。我这两天上网才知道，庆云书店最后几天的生意特别好，仿佛时光倒流到最初，复旦的师生基本把书店给买空了。我去的那天是倒数第二天，书店里确实很多人，但我却什么书也没买。我在那还遇到晚上约好吃饭的朋友，他也没买，两人转了一圈，一边往外走，一边没心没肺地批评庆云书店这一两年真是没什么好书。

生活大概就是这样，很多东西都在分分秒秒地消逝，然而，这露水的世上，有卿云烂兮，纠漫漫兮。

3　携手上河梁

金克木七十八岁时，写过一篇很奇怪的文章，叫作“保险朋友”，回忆他和一位Z女士绵延大半生的友情。文章是从几万里外最后一封来信开始的：“以后我不写信去，你就别写信来了。这个朋友总算是全始全终吧？”这并非绝交书，只是因为双方都步入古稀，“看信仍旧吃力，写信也太辛苦了”。辛苦的除了体力，也还有心力，这一点金克木自然明白，他在文末照应道：“她最后来信前曾表示，想和我打隔小半个地球的电话。我竟没有表示欣然同意。难道是我不愿和她谈话？不愿听她的声音？不是。我太老了，没有五六十年前那样的精神力量了，支持不住了。”

男女之间，最难的不是情爱的发生，不是熊熊烈火的燃起，而是能将这烈火隐忍成清明的星光，照耀各自一生或繁华或寂寥的长夜。“有人认为，由于爱，世界常常变得混沌。”但丁在《地狱篇》里如是复述古希腊人的哲思。而若想在这样的混沌中保持安宁，并且努力让对方也获得安宁，一定需要足够强健的心力。

不用再写信了。不用再反复措辞以免对方烦恼，甚至生气和伤心，也不用为了怕对方担心而强作振拔，总之，一切的紧张持重可以彻底放下了，整个人松懈下来，却还有满腹的心事要写成回忆的文章。

可我初读下来，只觉得处处气息不顺，与金先生过去的文字迥异。倒不单因为其中又穿插了年轻时和另外几个女孩子的短暂交往，或许是从中见到了迂曲的直白，坦荡的克制，以及信手写来的郑重，种种矛盾又珍贵的东西夹杂在一起。“我一生总是错中错。人家需要温情时我送去冷脸，人家需要冷面时我喷出热情。不是失人就是失言，总是错位。”这是忏悔的文字吗，其实呢，他也没有做错什么，只是缺少那种不顾一切的勇气罢了。他早年虽也写情诗，却从不愿坠入爱的迷狂，漫长的一生历经劫火，却一直保持健朗和清明，以一颗赤子之心和现实之心，遨游于古今中外的各个学科各种文化，孔子所谓“游于艺”，庄子所谓“乘物以游心”，在他这里，几近双全。然而，就是这样的人，依旧还有种种感情上的烦恼和委曲。终于，在这篇追忆一生最好朋友的文章里，这些烦恼和委曲得以彻底地流露。

西晋刘琨临终有《答卢谌》和《重赠卢谌》二诗，沈德潜评价道：“其诗随笔倾吐，哀音无次，读者乌得于语句间求之？”又说：“拉杂繁会，自成绝调。”金克木先生的这篇文章，也要作如是观才好。《重赠卢谌》末句：“何意百炼钢，化作绕指柔。”好的文字，好的人，最后都可以从这里体会进去。

金先生在文章里总结他俩的交往，“北平同学半年，九龙见面一年，断绝又接上，接上又断绝的通信五十七年。见面，有说不完的话。不见面，见心，心里有永不磨灭的人，人的情。”这样简单深重的情感，大概只有身为中国人才可以体会得到。

文章最后记录他俩的相见，那是在 1938 年初，他随着战乱的人流一路南下，来到旧香港，循着信上的地址找过去，她在九龙半山腰的屋顶天台上等他。“对望着，没有说话，只拉住了手。”他们拉住手并肩坐下，星移斗转，又“紧拉着手一同下楼”，告别，约定做一生的保险朋友。

我遂想起李陵的《与苏武诗》：“携手上河梁，游子暮何之。徘徊蹊路侧，悢悢不能辞。行人难久留，各言长相思。安知非日月，弦望自有时。努力崇明德，皓首以为期。”这是古往今来最好的诀别诗，明明是晓得永不再见，悲莫悲兮生别离，却是从“携手”开始写起，因为每个离开的人其实都不曾离开，他带走我们的一部分生命，同时也把其自身托付于我们。

三联书店最近出了八卷本的《金克木集》，将散落在各处出版单位的金先生作品网罗齐全，免去有心读者的搜求之苦，真是极好的事情。然而，却没有趁机编辑一下金先生的书信，在我想来实在是缺憾，因为金先生一定是很好的书信家，其中虽难免涉及隐私，但哪怕像宋以朗那样，用节录的方式，也好啊。

4　两相思，两不知

在柏拉图的《会饮篇》里，诗人阿里斯托芬讲过一个圆形人的神话。最早的人类是圆形人，他们体力强壮，精力充沛，又有极高的思想，竟要向宙斯神族挑战，结果统统被宙斯一切两半，从此，每一半都急切地在尘世间寻求自己的另一半，力图重新成为一个完整的人。这个关于爱欲的神话非常有名，口耳相传，逐次演化为我们今天的百姓日用，热恋的人大都以为对方就是自己失散的另一半，随口道出，也不觉得是在引经据典。然而，这个看似温暖的神话文本中，却隐有一层骇人意思，要到列奥·施特劳斯为《会饮篇》作疏解，才被看出。

圆形人在被切开后，其实并不是两半都能分别存活下去，因为多出了两个切面，圆形人原来的皮肤并不够分，所以，为人类缝合伤口的阿波罗就只好将一个圆形人的皮肤仅仅用来包裹半个身体，虽然多出不少皮肤，却好过两败俱亡。因此，每一个在宙斯制造的伤口中活下来的人，他原本的另一半，就在他活下来的那一刻，已经死掉了。于是所谓爱情，后天的苦苦寻找，本质上都是伤痛绝望的，因为最合适的那一半已经死掉了，尘世里不可能再遇见。

最好的神话，最好的诗，似乎都是这样，永远游荡在死生之际，温暖，且骇人，骇人，又温暖。我过去有一回读鲍照，读到《代春日行》末句“两相思，两不知”，真是喜欢，以为说透了那种两情相悦的美妙形状，就写文章讲给朋友听，却被批评为“随意又速下断语”，一时有些怏怏。如今好些年过去，重读这首诗，才觉出另一种滋味。

献岁发，吾将行。春山茂，春日明。园中鸟，多嘉声。梅始发，柳始青。泛舟舻，齐棹惊。奏采菱，歌鹿鸣。风微起，波微生。弦亦发，酒亦倾。入莲池，折桂枝。芳袖动，芬叶披。两相思，两不知。

汉魏六朝去古未远，忠厚尚存，当时诗歌中大量引用前人语句，不单用其辞，更用其情，其中尤以《诗经》、《楚辞》为著。因此，要理解汉魏六朝诗人的情感，首先要懂得《诗经》、《楚辞》的情感，否则，很多微言深意都会错失。当然，对有些人来说，错失了也没什么不好。比如《代春日行》这首诗，从来评论者只当作男女嬉游来看，是春光明媚里的情思萌动，晋宋乐府中的轻盈小调。然而，“献岁发”本源于《招魂》乱辞首句“献岁发春兮，汩吾南征”；

“吾将行”径出自《涉江》乱辞末句“忽乎吾将行兮”；一首游春小调，初初两句，竟然呈现给我们一副涉江招魂的清绝情景，仔细想想，确有些惊心动魄。

很可能，如《楚辞》里的人物一般，献岁发，吾将行，那将行的，只是寂寥一人的旅程。他只是一个人，枯坐了很久，待到看见外面的春山明媚，院内的鸟雀啁啾，忽然就想出去走走。街上游人如织，繁华流荡，他一个人沿河边静静地想自己的心事，又唤来小船坐下，船棹惊醒水天深处，他也惊醒，听见歌声从水面上传来，徒然勾起回忆，“采菱调宜急，江南歌不缓。楚人心昔绝，越客肠今断”，鹿鸣呦呦，但那鼓瑟吹笙的人呢。风微起，有一丝冷意随波渗过来，且饮杯中酒，且尽今日欢，莲池深处，谁的皓袖缤纷，像是在隔着虚空挥手。

《周易·系辞》：“阴阳不测故谓神。”横渠注云：“一故神，两在故不测。”原本只是一个物事，却于天地之间化为阴阳，往来上下，周流四方，行乎千百万人中间，无从测度。“两相思，两不知”原来也是这样，是大地上恒久的人事，又转瞬化作天道苍茫。

那个批评我的朋友，后来也写过一篇同题的文章，在文章的最后，是这样的话:“全北京最寂寞的是十三陵。那里埋葬的人已经消散了，像尘土。那里的柏树越长越高，越长越大。那里蜿蜒着山陵，不远不近地几座陵墓似乎在呼应着，又似乎……活着的人也是这样，那些居住在那里的人，那些不居住在那里的人。‘两相思，两不知’也是如此，两情相悦者如此，老死不相往来者也是如此。总有一天，我们会隔着鬼门关这样相思，或者同在鬼门关的一侧仍只是这样的相思。而相思，本来就是不知。”

所以，我的朋友又讲:“爱情里最好的，就是相思。”

5 春江潮水连海平

哈罗德·布鲁姆在《读诗的艺术》里讲，“所有伟大的诗歌都要求我们被它占有。在记忆中拥有是开始，扩展我们的意识是目的”。如果要我挑选几首伟大的中文诗,《春江花月夜》一定在其中，这首诗里的不少句子都被后人引用滥掉，以至于很多人都误以为自己读过这首诗。闻一多称赞这首诗是“诗中的诗，顶峰上的顶峰”，我就想到也可以比附成佛典里的《心经》。有一回，我和同事在办公室里默写毛笔字玩，他写了《心经》，我写的就是《春江花月夜》，两者的字数竟然也差不多，都是满满一张纸，都是回环往复，似乎总也念不完的样子，又都不封闭，有能力通向浩瀚的宇宙。

几个月前回老家，在临院的小屋午睡，开着门窗。外面几个年老的女人在聊天，声音大得吓人，迷迷糊糊中时不时还能听到“啪”的一声，知道那是在打苍蝇，用的还不是苍蝇拍，是一根长长的黑色橡胶棒，不过似乎老是打不到，所以总在打。我担心一个下午就在这样的响声中过去，所以出门去看河水。出来之后才明白邻居们为什么说话那么大声，她们都是分别坐在自家门口，隔着老远说闲话，一边做自己的事。其实也没有什么事，比如对门的女人，她对丈夫说，之所以坐在门口，是要照看晾晒在外面的衣服，因为害怕下雨。

走在河堤上，夏天的水漫过了芦苇丛。我年初回来的时候，这里的水还很浅，可以下到芦苇丛生的浅滩上，在冬天，那里藏着很多叫不出名字的黑色小鸟，我走过去的时候，它们也不惊动。冬天我曾伫立良久的地方，如今已经被淹没，不能走过去。

《小熊维尼》里面，印象最深的是“噗噗棍”游戏，维尼和他的伙伴们站在桥上，往水中扔小棍子，再赶紧跑到桥的另一侧，看谁的棍子先漂出桥洞。无所事事的流水，载着无所事事的童年静静向前，他们停在桥上，兴致勃勃地观望，彼此很好地体会，在一起的感觉。

我喜欢一个人看河水奔流，也是要体会，这样的感觉。好些年前，朋友写信给我，提及正在看的一本契诃夫传记：“又翻了翻那本传记，契诃夫说的这个话我也很喜欢，不知道你有没有读过，所以也写在信里来：‘望着温暖的夜晚的天空，望着映照出疲惫的、忧郁的落日的河流和水塘，是一种可以为之付出全部灵魂的莫大满足。’”

疲惫的、忧郁的落日，落在河流和水塘上，就不会再沉没，就被她们收留，一起静静地奔向海洋。还有一回，我坐在一条叫作沙河的水边。河水并不干净，近了有一种腥气，但被两岸的灌木和大树映得鲜绿，河畔零星盛开细小的黄花，风一吹就四处飘荡，沾到我衣袖上，更多的飘到河里，漂向远方。水的两侧是热闹的小马路和住宅区，一排排的茶馆，露天摆放着藤桌椅。我喜欢在异乡的城市里见到这样生机勃勃的河水，并乐意想象，住在这流水边的人，每天能够有一种坚定愉快的心情，能够有力量写下这样的文字：“我现在可以很好地体会，和你在一起的感觉。这种景况也许永远不会来，但我的生命始终朝向那里，那甚至跟信念都没有关系了，因为那就是生活本身，生活本身的方向就朝着与你分享的时光。河流里的水，很多都到不了海洋，它们或许渗透进了沿岸的土壤里，但一江春水向东流是亿万年的事情，并没有停止过。”

一江春水向东流的确是亿万年的事情，然而，我想说，春江潮水连海平其实也是如此。很多的河流，不能汇聚，很多的水，到不了海洋，但都没有关系，那沉默汹涌的海水会年复一年月复一月地倒灌进每一条江河，席卷沿岸每一丝土壤，搜寻那些中途的失散者。

“终有一天，我们会重逢，”茨维塔耶娃写信给里尔克说，“倘若我们一同被人梦见。”

2008.4-2012.10

后 记

这本小书的写作始于2008年4月，断断续续直至2012年末，确切来讲，它并不是一项有计划的学术研究或创作，而只是人生迈入中途之际某种感情危机的产物，或者，是一个以写诗为志业的人发觉不会写诗了之后的产物，表现的形式则均是通过努力去碰触和谈论一些最优秀的古典诗人，来丰富和安定自己的生命，因此，其中必然带有自己最值得珍视的生命痕迹。

进而，这样的碰触和谈论，又好比是朋友间执手相见后写的一首磕磕绊绊的长诗，诗言志，而志便是你心我心。

稍微仔细的读者，会发现本书的编排有古怪的次序，它从曹植开始，下探至李白，转而逆流到曹操这里，进而上溯《十九首》、《诗经》，又掉头朝向《楚辞》以降。我的初衷，是沿着曾国藩《十八家诗钞》的次序，从曹植开始一个个读过来也写过来，但由于怠惰，同时也因为我有点拒斥按部就班的写作，希望自己能够忠实于彼时彼刻的阅读感受，只写真正新鲜有体会的东西，所以，在陆续写完阮籍、陶潜之后，虽然我也仔细读了鲍照和大小谢，但还是没有立刻去写他们，而是先写了李白。写完李白，我发现自己对古体诗的兴趣要远大于近体诗，于是自然要去钻研古体诗的两个源头，《古诗十九首》和《诗经》，尤其是《诗经》，更是丰饶无尽，我暂时也只有能力略取一瓢自饮而已。书末的《九歌》一篇，受当时心境影响，本意是从《楚辞》开始，牵扯出历代一系列所谓“情事杂沓，诗不能驭”的作品，预计写九节，但实际只写了五节就力不能支，勉强还用“九歌”的名字作数。这阅读和写作的整个过程，现在想来，有一丝跌宕自喜的味道，仿佛隐约在向朋友编的自选集《读书与跌宕自喜》致意，于是我就在文章编排次序上尽量将之保留了下来。

在严格意义上，本书之所以有现在的模

样，完全得益于张文江老师给予的鼓励和点拨。他有一回对我说，好的文学，是把生命的一部分放到文章里去，但也随之要消耗生命。如果处理得不够好，支出大于收入，会积累起种种的怨，故而尚有不足。所以在好的文学之上，有志之人，还要再寻求写作的更高境界。这些年来，无数个周五下午在张老师家听课的时光，让我在学校生活结束之后，依旧能享有学习时代的诸多乐趣，并不断领受滋养和激荡，这是多么幸运的事。

这些文字，曾相继发表于梁捷、周鸣之的《读品》电子刊，魏振强老师的《安庆晚报》，贾勤的《延河》，以及周毅老师的《文汇报·笔会》副刊和李庆西老师的《书城》杂志。他们对我的文字照单全收，我很感激。扬之水老师拨冗阅读书稿，细心指出几处引文错误，其谦和平易，令我感佩。另外特别要感谢我的编辑顾晓清，愿意冒险接受这样一本单薄的书，并把它做得如此精致。

黄德海和汪广松见证了这本书的写作过程，也是最早的读者，和他俩的砥砺切磋，是我生活中很重要的一部分。

谢谢我的家人，包括我的女儿斯可。我写出这本小书最初文字的时候，她还没有来到我们中间，如今她已经上幼儿园了。

很多年来，我的朋友们一直以听酒醉后的我哼唱荒腔走板的《爱的代价》为乐。前两天，一个朋友在台湾听李宗盛的演唱会，想到了我，于是写信向我推荐李宗盛的一首新歌，《山丘》，我此时一边写后记一边听这首歌。在歌里，他唱道："说不定我一生涓滴意念，侥幸汇成河。"我就记起以前写过一首诗，前两句也有类似的意思：我们最后总是会坐在台阶前，把雨滴和青草编织成河流。或许，这本小书，本就是一条涓滴意念汇成的小河，在它的尽头，是未知的海洋。谢谢阅读这本书的你们，耐心和我一起走到海边。

张定浩

zhang_dinghao@163.com

2013年10月4日于上海